後宮茶妃伝　二
寵妃は愛で茶を沸かす

唐澤和希

富士見L文庫

もくじ

プロローグ

果てしなく広い草原に建ち並ぶ白い移動式住居に爽《さわ》やかな風が吹き付ける。

微《かす》かに暖かみを帯びた風に誘われて草の芽が地面に顔を出し、芽吹いた緑をヤクや馬などの家畜が食《は》む。

ここは青国《せいこく》の北に位置するテト高原。

いつも穏やかな時間が流れるその場所で、悲しみに濡《ぬ》れた声が響いた。

「テト族の偉大なる族長は、神のもとに帰られた」

一人の老人がそう告げた。

老人の前には、頬をやつれさせた男が横たわっている。年齢にして四十程。

勇猛果敢な戦士であり、遊牧民テト族を導いてきた長《おさ》だった。

「ウルジャ、今からそなたが新しい族長だ。テト族を率いる者《テティン》の名を引き継ぐのじゃ。テティン・ウルジャよ」

老人にそう告げられたのは、浅黒い肌をした青年だった。

黒々とした長い髪を三つ編みにして後ろにまとめ、鋭い青の瞳《ひとみ》を持った青年は、ただまっすぐにテト族の元長を、自分の父親の亡骸《なきがら》を見つめていた。

父が、体を弱らせたのはつい先日だった。それまでは健康だけが取り柄の誰よりも強い戦士だった。

だが流行《はや》り病にかかり、あっけなくこの世を旅立った。

「族長が亡くなったのは、青国の奴らのせいだ」

憎しみを帯びた声がどこからか聞こえる。

「茶さえあれば、族長は助かった」

続くその言葉に、ウルジャは悲しそうに目を伏せた。

六年前まで、青国とテト族は、お茶と馬の交易をおこなっていた。

テト族が育てた強い馬と、青国の茶葉の交換貿易だった。

肉と乳が中心の食生活を送るテト族にとって、お茶は貴重な栄養源であり、命の水だった。

お茶が生活に溶け込むにあたって、テト族の寿命は格段に延び、体も強くなった。彼らにとってお茶は生活の一部だったのだ。

だが、青国からの茶葉の供給が突如として途絶えた。

『もう馬はいらない』

馬を引き連れ青国にまで出向いたテト族に向かって、青国の役人がそう言って追い返した。

それから、青国との交易は途絶えている。

「ウルジャ……俺、もう我慢ならねえよ！」

ウルジャの側に控えていた男が、言い募った。

その男の声を皮切りに、ウルジャを慕う同年の男達も次々と声を上げた。

「茶が欲しい」

「おらの母ちゃんも体調が悪いんだ……」

「このままじゃ皆よわっちまう」

「奪えばいいんだ！　最初に奪ったのは青国だ！」

様々な声がウルジャに飛んでくる。

ここ一年、テト族の誰かが亡くなると、お茶がないせいだと言う者が増えた。そして、同時にお茶の交易を突然断った青国に対する憎しみの声も上がる。

父の死は流行り病であることはウルジャも分かってはいるが、お茶があれば病に罹《かか》らずに済んだのではないかという思いを抱かなかったと言えば嘘《うそ》になる。

ウルジャは拳《こぶし》を握った。

そう、ウルジャだって、分かっている。もう我慢の限界なのだ。

どうにかして、お茶を手に入れなければならない。

ウルジャは立ち上がった。

「今日より、俺がテティンの名を継ぐ。……そして茶を取り戻す」

ウルジャの一言に、若い者達は歓喜で吠《ほ》え、経験の長い年配の者達は、心配そうに顔を曇らせた。

お茶という言葉を口にした時、ウルジャの脳裏に久しく飲んでいないバター茶の味が巡った。

長く煮出して苦みの強いお茶にヤクの乳を入れて作る飲み物。

お茶の苦みをバターが柔らかく包んでくれる。ウルジャ達テト族はそれを一日に何杯も飲んだ。いや、飲んでいた。

今はそれが途方もなく懐かしい。

そしてその懐かしさとともに、とある少女の顔が、ふと浮かんだ。

バター茶に興味があると言って、交易のために青国を訪れていたウルジャ達の前にわざわざ現れた幼い少女。

ウルジャはその時十三歳で、少女はおそらく十にも満たない年齢だったが、お茶を見つめる眼差《まなざ》しの強さが印象的だった。

少女は青国の者だったが、この時は茶馬交易で親交がある青国に悪い印象はなく、バター茶が飲みたいとせがむ彼女のために、ウルジャはお茶を淹《い》れた。

少女はそれを嬉《うれ》しそうに飲み、そして飲み終わると何とも言えない顔をしていた。

『悪くはないのですが、お茶本来の繊細な味が、ヤクの乳で台無しに……』

と残念そうな顔をする。

どうやらあまり気にいらなかったようだが、結局、その少女はバター茶を優に三十杯は平らげていたので、テト族の皆で彼女の酒豪ならぬ茶豪ぶりに感嘆して笑った。

その時はまだ父も健在で、テト族には活気があった。

ウルジャは歳《とし》が一番近いというのもあり、その少女の相手に選ばれた。

テト族のお茶の飲み方、テト高原での生活、これから始まる茶葉を背負っての過酷な山越えの話。

彼女はどの話も楽しそうに聞いてくれた。

ウルジャは気づけば独特の柔らかな雰囲気を持つ少女のことをすっかり気に入ってしまい、別れる時には寂しさが募った。

当時のことをふと思い出したウルジャだったが、懐かしさと寂しさを心の奥にしまい込んで、顔をあげる。

今のウルジャの前には、怒りを瞳に宿す若者と、不安そうな老人達、そして、病で弱ってやせ細った父の亡骸が横たわっていた。

第一章　茶道楽はお茶で皇帝を癒す

宦官《かんがん》による腐敗政治により傾き始めていた青国《せいこく》に、変化が起きた。

若き皇帝黒瑛《こくえい》は国の病とも言える秦漱石《しんそうせき》という宦官を処分し、それらに与《くみ》していた者共も宮廷から追い出した。

そして怒涛《どとう》の政変劇の立役者と名高い南州《なんしゅう》の娘を立后させ、国民は若き皇帝、皇后に希望を見出《みいだ》し始めていた。

「采夏《さいか》、その、あれなんだ。俺は嫌だと言ったのだが、その、どうも嫌だと言って済む話ではないようでな……」

額に脂汗を浮かべた男が、そう言葉を濁らせた。

いつもならきりりと鋭いはずの目元はどこか弱々しく、灰色の瞳が不安げに同じ円卓を囲む女性に注がれていた。

どこか主人のご機嫌を窺《うかが》う子犬のような表情を浮かべたこの男こそ、青国の皇帝、黒瑛である。

黒瑛は、遊牧民の捕虜と偽って己の息のかかった私軍を宮中に入れ、腐敗政治を行なっていた宦官どもを一掃するという大胆な作戦で権力を取り戻した。

当初、出涸《でが》らし皇帝、傀儡《かいらい》の国主と蔑《さげす》まれていたため、宦官どもはそれほど皇帝のことを気にも留めていなかった。その油断をついてのできごとだった。

己の爪を隠しながらも磨き続けて、とうとう政変を起こした黒瑛は忍耐の王であると、今では国民の支持も厚い。

そして今、その忍耐の王は、背中を小さく丸めて目の前で悠々とお茶を飲む女性の様子をどこかビクビクしながら窺っていた。

この姿を見て、これが噂《うわさ》の若き皇帝だとは誰も思うまい。

「まあ、そうなのですね」

蓋碗《がいわん》のお茶を一口すすってから、女はゆっくりとそう言って頷《うなず》いた。

皇帝がご機嫌を窺うこの女性こそ、先の政変で黒瑛を支えた南州の州長の娘、采夏。

先日正式に立后を果たして現在は青国の皇后となっていた。

その采夏はさらに言葉を続けた。

「確かに、私が皇后となれば、南州が力を持ち過ぎてしまいますものね。他の東西北の州の姫君《ききさ》を妃として迎え入れるというお考えは全体の均衡を考えれば、当然かと」

采夏はそう言うと、また蓋碗を口に運ぶ。

なんだか、怒っている気がする。

黒瑛はそう思って、額にひやりと新たに汗を浮かべた。

采夏の他に妃を娶《めと》らねばならない負い目故にそう感じるのかもしれないが。

「嫌なら、嫌と、言ってくれていいんだぞ……？」

「私が嫌だと言ったら、どうにかなる問題なのですか？」

「それは……」

黒瑛は言葉を濁した。それでどうにかなるなら、どうにかしている。

しょぼんと落ち込む子犬のような顔を見て、ふふと軽やかな采夏の笑い声が響く。

「本当に気にしていません。……覚悟はできておりましたもの」

栗色《くりいろ》の目を細めて微笑《ほほえ》む采夏は美しく、どこかはかなげに見えた。

実際は、特にお茶が絡むと何事にも物怖《ものお》じしない強めな女子であるし、黒瑛自身もそれは承知なのだが、どうも見かけの可愛《かわい》らしさでそのことを忘れてしまう。

そのこともあって『それだけで十分』などと物分かりのいい言葉を言われると、なんだか采夏を日陰者にしている悪い男のような気がしていたたまれない。

いや、実際複数の女性を娶る、という話をしているところなのであながち間違いではないかもしれないが。

「陛下は私に茶畑をくださった。私はそれだけで十分です」

いたたまれなく思っている黒瑛を気遣ってか、采夏はそう声をかけた。

黒瑛はその言葉にほっとしつつも、少し残念に思う気持ちもわいてくる。我ながら勝手すぎるとは思うのだが、少し嫉妬のような気持ちを采夏が抱いてくれたらと思う気持ちがあったらしい。

そもそも新たな妃を娶ることになったことの発端は采夏を皇后に据えた後、采夏の出身である南州と同規模の州長から、自分の一族からも妃を出したいと強く要請されたことから始まる。

政変を起こしたばかりの黒瑛に、他の州長と渡り合うだけの力も体力もなく、実際、采夏が皇后になれば、南州の権力が強くなりすぎてしまうという懸念もあり、他の州長の要請に応《こた》えるしかなかった。

つまり、東州《とうしゅう》、西州《さいしゅう》、北州《ほくしゅう》、そして中央地域の権力者から一人ずつ妃を娶ることになったのだ。

皇后の下には、花妃《かひ》、鳥妃《ちょうひ》、風妃《ふうひ》、月妃《げっひ》と続く四大妃の位がある。その四つの空席を埋める形だ。

ちなみに、後宮は黒瑛の政変後に一度解散させている。

政変前に宮廷を牛耳っていた宦官、秦漱石によってかき集められた妃の数はかなり多く、国の厳しい財政を圧迫していたためである。

黒瑛も急に放り出すのではなく、良い縁談を組んだり、希望者には宮女として後宮に仕える道を残したりといった配慮は行なった。そして多くの女性達は後宮の外での暮らしを選んだ。

つまり、現在、広い後宮で、皇帝である黒瑛の妃に当たるのは正妃の采夏だけだったのだ。

だが、これからまた新しく、采夏と同等の生まれの娘達が、黒瑛の妃として後宮に入る。

一夫多妻制が当たり前な皇族に生まれながら、珍しく一夫一妻制にあこがれを抱く黒瑛にとっても今回の他四州の後宮入りは辛《つら》い選択だった。

「采夏……本当にすまない」

「謝らないでくださいませ。ですが、もし陛下が私のことを気にしていらっしゃるのなら……またお茶を持って私のもとに会いに来ていただけたら嬉しいです」

そう言っていじらしく微笑む采夏の愛らしさに、黒瑛は思わずがばりと抱きしめたくなった。

しかし今ここでがばりといってしまえば、今日はもう他のことが手につかなくなるのは目に見えている。

政変後の国の立て直しで黒瑛はずっと多忙を極め、今日もすでに日が暮れかかっているが、しなくてはならない仕事がまだまだ山積みだ。

ここでがばりといっている時間は、残念ながらないのである。

黒瑛は心の内に眠る理性という理性をかき集めて自らを戒め、それでも足りないのでがばりといきたい気持ちを抑え込むために左足で右足を踏んでどうにか耐えた。

「もちろん、必ずまた来る。今度来るときは、その、もう少しゆっくり共に過ごせるようにしようと思う」

黒瑛はそう言うと、後ろ髪を引かれる思いで立ち上がり、踏んづけすぎて痛む右足を引きずりながら皇后の宮を去ったのだった。

※

青国の都、功安《こうあん》の中心には、皇帝や官僚達が執務を執り行なう外廷と、皇帝とその妃達が住まう内廷を抱える皇宮がある。

政変後、皇帝のもとに残った役人達は、国の立て直しのために誰もがせわしなく動きまわっていた。逆に内廷は、静か。なにせ、そこに住む妃達の多くは後宮から離れていて、人数が少ない。

だが、その静かな内廷において一画だけ、楽しげに歌う声が響いていた。

そこは、皇后采夏のために陛下が捧《ささ》げた茶畑だ。

『一つ摘んで、また摘んで、愛《いと》しいあの方に会うために。一つ摘んで、丁寧に。おいしいお茶を飲むために』

軽やかに合唱しながら、茶畑にいる女達がお茶の芽を摘んでいた。

歌の拍子に合わせて体を動かしながら、一歩一歩と踊るように茶畑を渡っていく。

自らも拍子に合わせてお茶を摘んでいた采夏は、彼女達の一糸乱れぬ軽やかな動きに満足そうに頷いて立ち止まり空を見上げる。雲一つない晴天が広がっていた。

「ふう、今日も良いお天気です」

燦燦《さんさん》とふりそそぐ日差しは暖かいが、吹き付ける風はまだ冷たさをはらんでいて、気持ちが良い。

今日は、最高の茶摘み日和だと、風と共に運ばれてくる爽《さわ》やかなお茶の香にうっとりしながら、采夏は額の汗をぬぐった。

この茶畑は、采夏の宝物だ。

皇帝である黒瑛が、采夏を口説き落とすために青国有数の名茶である龍井《ロンジン》の茶木の苗を後宮に定植したのだ。

今年はその茶木が青々と茂り、采夏は日中その茶摘みで大忙しである。

采夏は先ほど摘んだばかりのお茶の芽を摘《つま》んで鼻に近づける。

(やはり、同じ龍井の茶木を植え替えても、場所が違えば香が結構変わるわね。本場の龍《ロン》井茶《ジンチャ》とは違う味わいだけれど、悪くはないわ。繊細な味わいには及ばないけれど、はっきりとした味わいは口馴染《なじ》みがいいはず。采夏岩茶《がんちゃ》と同じ製法で茶葉を作ったら、より深いものになりそう……）

采夏は茶葉を発酵させて作る采夏岩茶のことを考えた。

采夏岩茶は、采夏が手塩にかけて育てたお茶の品名だ。

今までと違う製法で作った采夏岩茶の味わいは芳醇《ほうじゅん》で、国中のお茶を嗜《たしな》んできた采夏が自信を持って提供できるお茶に育った。

本当は後宮でも育てたかったが、采夏岩茶の茶木は、普通の茶木と違って岩に根を張り、岩から大地の滋養をじっくりと吸い上げて育つ稀有《けう》な茶木だ。

一度黒瑛は岩を切り出して茶木を持ってこさせようかと提案したこともあったが、采夏はやんわりと断った。

生育環境が変われば味わいも変わる。采夏岩茶の茶木はそのままにして、今は采夏の父である南州の長がきちんと管理してくれている。

今采夏には龍井茶の茶木をルーツにしている茶畑がある。

いずれはその茶木の一部を用いて、岩に根を張る茶木を一から育て上げるのも一興だ。

「皇后さま、北側三列の茶木の芽を摘み終わったよ、あ、終わりましたでございます」

快活な声がかかり、采夏は顔を上げる。

摘みたての茶葉がたくさん入った籠《かご》を抱えた女性がいた。

慌てて言葉を丁寧なものに言い直しながら采夏のもとにやってきたのは、玉芳《ぎょくほう》。

かつては下級妃の一人だったが、妃の任を解かれてから皇后采夏の侍女として仕えてくれている。

彼女も先ほどまで他の宮女達に交じって茶摘みをしていたらしく、健康的で美しい肌に玉のような汗を浮かせていた。

「ありがとう、玉芳。それに、別に言葉遣いは、私は気にしないけれど」

「だめです、だめです。こういうのはちゃんとしっかりしなくてはいけません。ただでさえ、変わり者の皇后とかなんとか言われてるんですから。側に仕える私達だけでもちゃんと敬っていく姿勢を見せて、皇后が誰であるかを主張しておかないとなりません」

玉芳は、そう言って自分に言い聞かせるように何度も頷いた。

その様を見て、采夏は不思議そうに目を瞬《しばたた》かせる。

「まあ、私、変わり者だなんて言われているの？　知らなかったわ。何故《なぜ》かしら。変わったことなど一つもした覚えはないのに……」

おかしいと思いながら、采夏は首をひねる。

采夏はもともと名家の生まれだ。礼儀作法も物腰も、皇后になるには十分な素養を持ち合わせている。

それに本人的には、別に特別変なことなどしていないと、思ってはいる。

そんな采夏を玉芳はげんなりした顔で見つめた。

「何言ってんの。あ、じゃない。何をおっしゃいますか。後宮内に自分の茶畑を持つだけならまだしも、宮女に交じって農民の真似事《まねごと》をなさる皇后がどこにいますか」

そう言って玉芳は胡乱《うろん》な目で采夏の姿を見た。

今の采夏は、茶摘みしやすい格好がいいという本人の強い希望で、宮女達が着ているような質素な服を身に纏《まと》い、頭には手ぬぐいを巻いて、その上に笠《かさ》をかぶっている。どこからどう見ても、茶農家の娘という出《い》で立《た》ちだ。

少なくとも皇后には見えない。

玉芳が不満そうに見つめるのに、采夏はまったく気にしないとばかりに笑顔を輝かせた。

「たくさんいるはずです。なにせこんなに素敵な茶木を目の前にして、茶葉を摘まずにいられる人がいると思いますか？」

「間違いなくいます」

玉芳はそう断言すると、呆《あき》れたようなため息を吐いて言葉を続けた。

「今は、采夏皇后お一人なのでいいですけど、これから他の方が、四大妃として後宮にはいられるのでしょう？　他の妃達《きさき》に侮られないように、ここはもっとこう、ビシッと、皇后さまらしい振る舞いをですね、お願いしたいところです」

「皇后らしい振る舞い……確かに言われてみれば、そういった意識はなかったかもしれません」

采夏はそう言うとしばらく思案気に視線を下に向ける。

いつも何を言っても暖簾《のれん》に腕押しだった采夏の真面目な反応に、玉芳はおやと片眉《かたまゆ》をあげた。

そして采夏は、何か答えを見つけたらしく柔らかに微笑《ほほえ》むとまるで舞うように腕を広げてから、拱手《きょうしゅ》すると腰を少しだけ下げてお辞儀をする。

突然繰り出された優雅な挨拶《あいさつ》に、玉芳は思わず固まった。

采夏はお茶好きが過ぎて、少々、いやかなり風変りだが、もともとの育ちはよく、動きの一つ一つが優雅だ。

お茶に執着し過ぎるところさえ目を瞑《つぶ》れば、誰もが認める名家の姫といった風である。

固まる玉芳に采夏はひょっこりいつものいたずらめいた笑顔を見せると、右手を顔の前に掲げる。

そこには親指と人さし指で摘まれた緑があった。

「それは……茶葉、ですか？」

「ええ！　そうです。どうですか？　皇后らしい動きで茶葉が摘めてましたか？」

優雅な挨拶の所作、と思われたそれは、どうやら采夏が考えた皇后らしい『茶摘みの動作』だったらしい。

呆然《ぼうぜん》とする玉芳に、続けて采夏は何かを思いついたと言わんばかりに笑みを深めた。

近くにある卓に向かうと、そこで何やら茶器を準備して、柄杓《ひしゃく》を握る。

そして少し離れた場所にある竈《かまど》の鍋《なべ》から柄杓で湯を掬《すく》いとった。

そう思ったところで、蝶《ちょう》が舞うようにひらりと腕を広げて、采夏は体を回転させる。

するとパシャンと軽やかな音がなった。

「え……」

気づけばどこからか、お茶の香気が。

先ほど采夏が用意していた茶器から湯気が出ている。

どうやらあの碗《わん》に離れた場所から湯を投げ入れてお茶を淹《い》れたらしい。

おそらく皇后らしい動きでのお茶の淹れ方とでも言うつもりなのだろう。

(大道芸人かよ)

玉芳は内心でつっこんだ。

どこか誇らしげな笑みを浮かべる采夏に、玉芳は思わず呆れて天を仰いだ。

高い塀に囲まれた後宮には、八百を超える建物が並んでいる。

どの建物もひび一つなく綺麗《きれい》に手入れされているが、その中でもひと際大きく華やかな建物が、皇后の住まう『雅陵殿《がりょうでん》』だ。

雅陵殿の中は白を基調としたものでそれほど派手な造りではないように見えるが、柱や壁に水晶や琥珀《こはく》がところどころちりばめられ、薄い絹の紗《しゃ》が張られた大きな木枠の窓からは惜しみなく陽光がふりそそいで室内は輝かんばかり。

そしてそのまろやかな光が、複雑な幾何学模様が彫られた木の衝立《ついたて》に当たって、壁や床に影を落とす。

無地の床や壁には、まるでもともとそう刻まれていたかのように、衝立に彫られた美麗な幾何学模様が影で描かれ、太陽の傾きとともに形を変えるその模様が、神秘的な美しさを演出していた。

陽光を調度品の一部とするような形で設計された特別な殿である雅陵殿は、まさしく皇帝の正妃である皇后の住まいに相応《ふさわ》しい気品ある佇《たたず》まいだった。

その雅陵殿で、その主人である采夏は円卓に腰を下ろし、お茶を飲んでいた。

妃が采夏ただ一人という静かな後宮での生活は、果てしなく穏やかだ。好きな時に、お茶が飲め、好きな時にお茶が摘める。采夏にとって最高の環境である。ただ、一つ、問題があるとすれば。

「なんで、陛下はいらっしゃらねえのかしら!!」

玉芳は鼻息荒くそう吠《ほ》え立てた。敬語と乱暴な言葉が入り乱れている。

采夏はその声を横で聞きながらいつも通りお茶を啜《すす》る。

今日のお茶は、大好きな龍井茶だ。

後宮で育てているものではなく、龍弦村《りゅうげん》で作られている高級茶である。

ここ最近は不思議と龍井ばかりを飲みたくなる。

そのことに気づいた采夏がふと理由を探ると、黒瑛の顔が浮かんだ。

黒瑛と采夏の出会いは龍井茶で始まった。

龍井茶を飲むと、黒瑛のことを思い出す。

玉芳のように声を荒らげたりはしないが、采夏も黒瑛に会えない日々に寂しさを感じているのだと気づいて微《かす》かに苦く微笑んだ。

「仕方ありません。今はとてもお忙しいのですから」

自らの寂しさをお茶とともに飲みこんだ采夏はそう言った。

黒瑛と会ったのは、新しく四人の妃を娶《めと》る予定があると謝罪された時が最後。

別れ際にまた会いにきて欲しいとお願いし、黒瑛は応じてくれたが、今でもその約束は果たされていない。

だが、采夏も黒瑛の置かれている立場は理解している。

宦官《かんがん》・秦漱石によって荒れに荒れた国を建て直すのは大変な労力だ。

しかも傀儡《かいらい》の皇帝と呼ばれた黒瑛は、やっと実権を手に入れたばかり。信頼できる臣下は少ない。

彼の状況を知っていて、あまり我儘《わがまま》なことは言えなかった。

しかし采夏の物分かりの良い言葉に、玉芳の方が眉《まゆ》を吊《つ》り上げた。

「とは言ってもさ！ 最近ずっと後宮に足を運ばないじゃん!? これで、他の妃がきたとたん、陛下の足が後宮に向かうようになったらどうなると思う!? やっぱりあの変わり者の皇后はお飾りだとか、寵愛《ちょうあい》を失ったとか言われるでしょ!? 私そんなの我慢ならない！」

玉芳は丁寧な言葉遣いを忘れて、怒りのままに言葉を並べる。

彼女の素直さに思わず采夏が笑みを浮かべていると、来客の知らせが来た。

華やかな茉莉花《まつりか》の香が微かに漂う。

訪れた客が召している上等な衣を認めた玉芳は深々と頭を下げ、采夏は椅子から立ち上がった。

「皇太后様にご挨拶を」

そう言って、片手を肩まであげて腰を落として礼をする采夏の頭上に「楽にして」と穏やかな声が降ってくる。

皇后である采夏が後宮内で礼儀を尽くす女性はただ一人。青国の皇帝・黒瑛の母である永《えい》皇太后だ。

采夏は上座まで皇太后を案内するとその隣の椅子に座った。

「皇太后様、本日はどうされたのですか？」

「それがね、陛下のことでお願いがあって」

切羽詰まったような声でそう言われて采夏は目を見張った。

「陛下のこと、ですか？」

戸惑う采夏に皇太后は頷《うなず》き返すと、後ろにいる宦官の衣を着た男に視線を向ける。

顔の下半分を布で隠していた男は、皇太后に促されるようにして前に出てきた。

「久しぶりね！　アタシが誰だかわかる？」

気安い調子で声をかけられた。

布の上にのぞいている薄茶色の瞳《ひとみ》が親し気に輝いている。

服装からして皇太后付きの宦官かと思ったが、すらりと背が高く、宦官にしては引き締まった体形の男を見て、采夏はハッと目を見開いた。

「礫《れき》様……！　お久しぶりでございます」

虞《ぐ》礫。皇帝黒瑛の腹心の部下である。宦官に扮《ふん》しているが、武官だ。

変装を得意とし、黒瑛の影武者のようなことを行なうこともある。

礫は采夏が名前を覚えてくれていたことに嬉《うれ》しそうに目を細めたが、すぐに真剣な表情を浮かべた。

「覚えていてくれてうれしいわ。でもごめんね。本当はもっとゆっくり話していたいんだけど時間がなくて。単刀直入に言うけど、陛下を無理やり休ませて欲しいのよ」

「無理やり、休ませる？」

礫の話に采夏は思わず目を見張る。

「そう、陛下の忙しさがね、もうやばくて……。ほとんど毎日寝ずに仕事しちゃって最近顔を見るたびにやつれてきて、目が死んでるの」

「陛下が……」

最近顔を合わせていない間にそんなことになっていようとは。

戸惑いながら、采夏が皇太后に視線を移すと皇太后は深刻そうな表情で頷いた。

「采夏皇后、私からも改めてお願いさせて。黒瑛には何度も体を休めるように言っているのだけど、聞いてくれないのよ。あの子は、小さい頃から本当に、母である私の言うことなど全く聞かない子だったから……」

皇太后は疲れ果てたような声でそう言った。

横にいる礫も、肩をすくめてやれやれと言った具合に首を振る。

「当然、アタシが言っても聞く耳なんか持たないわよ。皇帝陛下はああなると結構頑固なのよねぇ」

「でも、あなたの言葉なら聞いてくれるんじゃないかと思うのよ。頼まれてくれるかしら？」

皇太后はそう言って、采夏の手をとった。

子を心配する母の顔でそう言われ、采夏は思わず頷いていた。

皇帝黒瑛が、不眠不休で仕事に打ち込み過ぎていて目が死んでいるのでどうにかしてほしい。

そう皇太后と礫にお願いされた采夏は懐かしい服を着込んでいた。

黒瑛の後を追って外遊についていった時に着ていた、下級の宦官服である。

変装をする理由は、采夏が黒瑛のいる外廷に入ると周りに騒がれるかもしれないと思ってのことだ。

青国の皇后は、他の妃《きさき》とは別格で、政務を行なうことさえできる。

そのため外廷ならば、皇后である采夏は立ち入ることができるのだが、これまでは政《まつりごと》には関わらない皇后として今まで後宮に籠《こも》っていた。

それが突然外廷に入れば、周りに驚かれる。

そのため、采夏は宦官に扮《ふん》し、変装の達人である礫の化粧によって一見するだけでは皇后であることがバレないようにしてもらった。

とは言え、人に見つかる危険性はあるので、采夏はこそこそとできる限り気配を消して歩く。

そうして、食事を持って黒瑛の執務室の前まで来ると、見張りの男に声をかけてから中に入る。

無事に黒瑛の執務室に入れたことに少々ホッとしながらあたりを見回すと、机に向かってただひたすら筆を走らせている黒瑛を見つけた。

その姿を見て、采夏は皇太后があれほど必死になって采夏に頼んできたことに得心がいった。

一目見ただけで、無理をしているのだとわかるほどに、黒瑛の姿はやつれている。

黒瑛の長いまっすぐな黒髪に艶《つや》はなくボサボサと荒れている上、肌の色も悪い。

少々落ち窪《くぼ》んだようになった目は真っ赤に充血しており、長らく睡眠すらろくにとっていないことがわかる。

「陛下……」

采夏はそっと声をかけたが、黒瑛はピクリとも反応しない。

すでに周りのことに気遣う余裕はないようだった。

采夏は持ってきた食事を側の卓において、部屋を見回す。

机の上だけでなく床にも書簡が積まれていて、荒れ放題だ。

采夏は静かに歩みよりかけたが、つま先に何かがあたった。床に落ちている書簡の束である。思わずそれを拾い上げるとぱらりと開き中身がちらりと見えた。

そこに記されていたのは『足りない』という内容の走り書きだ。

いけないこととはわかりつつも、思わず書簡の内容に目を落とす。

軍部を束ねる司武省《しぶしょう》からの報告に保有する備品の一覧と数が記されていた。

政や軍事に関してほとんど素人である采夏にも、そこに記された備品の数が少なすぎるのはわかった。

秦漱石が宮中を牛耳っていた時代、軍部の縮小が進んだ。

軍部の力が強くなることで、秦漱石を打倒しようとする勢力が力をつけるかもしれないと恐れたのだ。

だが、それが今になって青国に黒い影を落としている。

青国は大国だ。かつて数多《あまた》の戦を制して広大な土地を得た。

青国に併合されていない周辺諸国は、強大な青国を恐れている。

だが、実際は、秦漱石によって国の武力は格段に落ちていた。

これが知られてしまえば、青国の肥沃《ひよく》な土地を狙ってまた戦が起き、おそらくは青国が負ける。

采夏は、その書簡で国の窮地を知り、黒瑛がここまで必死になって仕事に打ち込む姿にも納得できた。

だが……。

顔を上げると、まだ采夏がきたことにも気づいていない黒瑛が目に入る。

筆をはしらせ、印を押し、そして別の書簡に目を通し、頭を掻《か》きむしる。

眉間《みけん》には深く皺《しわ》が刻まれて、目の下の隈《くま》は深い。

もう、限界が近づいている。

采夏は大きく息を吸った。

「陛下！」

大きくそう声をかけると、やっと黒瑛が顔を上げた。

どこか焦点の定まらないような目で采夏を見ると、また視線を下に戻した。

「食事か。卓に置いたのならもう戻っていい」

そう言って、また筆を走らせる。

やってきたのが采夏であることに気づかなかったようだ。

（どうしましょうか……）

このまま引き下がるわけにもいかないが、黒瑛が大人しく采夏の言うことを聞いてくれる気もしなかった。

迷うように視線を彷徨《さまよ》わせると、とある小さな卓が目に入る。そこには、手付かずの朝《あさ》餉《げ》が残っていた。

(もしかして、今日はまだ何も召し上がっていない……？　いえ、もしかしたら昨日だって……)

心配そうに手つかずの朝餉を見て、そして気づいた。

朝餉とともに供されたであろう蓋碗《がいわん》の存在に。

采夏がその蓋碗の蓋《ふた》を取ると、中には薄黄色の冷え切ったお茶がそのまま残されている。

一口も飲んでいない。一口も飲まれずに、このお茶は冷え切ってしまったのだ。

采夏はなんだか、もやもやした。

いや、イラッとしたと言った方がいいかもしれない。

食事に手をつけず、ましてやお茶ですら一口も飲まずに、仕事にばかり打ち込む黒瑛に。

采夏だって、黒瑛の忙しさは理解している。理解していたつもりだ。

だが、お茶を一口飲む時間すらないというのはおかしい。何より、温かいうちに飲まれたかったであろうお茶の気持ちを考えると忍びない。

采夏はしみじみと飲まれず放置されたお茶に感情移入する。

そしてカッと目を見開くと部屋の入口に戻り、側にいた見張りの男に言った。

「火鉢と鍋《なべ》を持ってきてください」

その時の采夏の目は据わっていた。

※

全てが足りない。足りないものがわからないほどにどこもかしこも足りない。

黒瑛は書類に目を通しながら、無意識に頭を抱えていた。

財を圧迫していた後宮は解散したが、妃達の任を解く際には、それなりの退職金のようなものを渡している。何も渡さずに解散となれば、人徳のない皇帝とみなされてせっかく秦漱石を追い出して得ることができた人心を手放してしまうからだ。

故に、後宮の解散は国の利ではあったが、一時的に支払った金は莫大《ばくだい》なものとなり、青国の財政は今なお厳しいものとなっている。

しかも、必要品の数が足りないと、各省から催促が来ている有様《ありさま》だ。

秦漱石は絹製品や外国の装飾品などの贅沢《ぜいたく》品を自分の懐に収めることばかりに注力し、国として必要な物資を揃《そろ》えるという考えはなかったらしい。

秦漱石が国をめちゃくちゃにした後始末を付けるためにどれほどの労力を割かねばならないのか。

黒瑛には先が見えなかった。

秦漱石を追い出し、兄の復讐《ふくしゅう》を果たした。そこまでするにも大変だったというのに、まだまだ秦漱石は黒瑛を苦しめてくる。

本当なら、今頃、采夏とともにのんびりと茶を飲んで……。

そう思って、最後に采夏に会った時のことを思い出した。

采夏のほかに四大妃を迎えることの許しを貰《もら》うために会いに行った。

本当はあのまま一緒に過ごしたかったのに、それすらも叶《かな》わない己の立場を思い出して
また腹が立ってくる。憎らしい。

一区切りついたら采夏のもとに行くのだと、そう思い続けて仕事をし続けているが、ひと段落すると、別の仕事がやってくる。

仕事を持ってくるのは陸翔《りくしょう》で、彼に当たり散らしたい気持ちになることもあるが、陸翔も陸翔で働き詰めなことを黒瑛は誰よりも知っている。

政変を起こしたばかりの今の宮中に、黒瑛の味方は少ない。少な過ぎる。己の手となり足となり動いてくれる者がとにかく欲しい。

黒瑛は、何度目かわからない大きなため息を落とすと、ふと、鼻腔《びこう》をつんと爽《さわ》やかな香が刺激した。

思わず顔を上げると、執務室に誰かいる。

(先ほど、食事を持ってきた宦官《かんがん》か……？　しかし戻るように言ったはずだが)

酷使し過ぎて霞《かす》む目をどうにかして凝らすと、宦官が一人で火に鍋をかけているのだと

わかった。ふつふつと湯の沸く音が聞こえる。

（鍋……？　なぜこんなところで、火にかけて……？）

ぼーっとする頭でどうにか状況を見てとったが、しかし、ふわふわとした頭ではどうにも飲み込めない。

しかし先ほど感じたこの爽やかな独特の香ばしい香には覚えがあった。

茶の香だ。

「な、何をしているんだ？」

思わずそう声をかけると、ぶくぶくと音のする鍋を一心に見つめていた宦官が顔を上げた。

「陛下、お気づきになりましたか」

その柔らかな声には聞き覚えがあった。

ハッとしてその宦官に目をこらす。穏やかな輝きを放つ栗色《くりいろ》の瞳が目に入る。

白い頬をかすかに赤らめて、形の良い唇が弧を描いていた。

宦官の格好をしてはいるが、間違いない。

青国の皇后、采夏だ。

（采夏が、何故《なぜ》ここに？　夢でも見てるのか……？）

「采夏、何故ここに……？」

と尋ねながらも黒瑛は彼女が執務室に来た経緯に思い当たった。

おそらく、母、皇太后の差金だろうと。

普段後宮にいるはずの彼女が宦官の格好をしてまでここに来たということは、誰かの手引きがあってのこと。

多少化粧を加えられていることから察するに礫も手を貸している。

たびたび、何か食べろ、睡眠を取れと口酸っぱく言ってくる皇太后を適当にあしらい過ぎて、采夏を巻き込むことにしたのだろう。

(全く、母上も余計な気を回して……)

思わずため息がこぼれそうになる。

自分が少し無理をしていることは自覚している。だが、多少の無理は覚悟の上。

放っておいてほしい気持ちだった。

「昼餉《ひるげ》を持ってまいりました。まずは何か口にしてください」

そう言って示す場所には食事が並んだ円卓が見えた。

麵麭《めんぽう》に、鶏肉《とりにく》の焼いたもの、干し鮑《あわび》の煮付け、キクラゲの羹《あつもの》に、棗《なつめ》やクコの実など。

黒瑛が日頃好んで食べているものだ。

しかし、今はあまり食べる気にならない。それよりも目の前の仕事を片付けてしまいたくなる。

何日も働いても働いても仕事が片付かないのだ。一秒も無駄にしたくない。気持ちばかりが焦る。

「ああ、そうだな。また後で食べるからそこに置いておいてくれ」

黒瑛は目頭を揉《も》み込んだ。

疲れのためか、また視界がぼやけてきた。

采夏に対して少しそっけない態度になってしまったのは分かっている。だが、今は余裕がない。周りへの気配りが持てそうにない。

「ここに置いておいたら、食べてくださいますか？　朝餉にも手をつけてないようですが」

采夏の声色は今まで聞いたことがないほど冷たく黒瑛の耳に響いた。

皇太后に対して余計なことをしてと、ぐちぐちとした思いでいた黒瑛の背中にスーッと嫌な汗が流れる。

恐る恐る采夏の顔を見れば、笑顔ではあった。だが、目が笑っていない。

「陛下はお気づきでないかもしれませんが、何度も同じ書簡を見ているようですよ」

「……え？　同じ書簡を……？　そんなこと」

と思って手元の書簡を見れば、そういえば先ほどからずっと同じ文を読み続けている気がする。

(何故か、何度読んでも意味が理解できなくて、それで何度も読むことになって……)

どうやら疲労が進みすぎて、書簡に書かれた内容を読むことさえ厳しくなっていたようだ。

そのことに改めて気づかされた黒瑛は、大きなため息を吐いた。

「陛下はお疲れなのです。お食事も召し上がったほうがよいです」

「ああ、そうだな……」

と、黒瑛は疲れた顔で頷《うなず》いてはみたものの、乗り気にはなれなかった。

食欲がわかないのだ。しばらく食事らしい食事をとっていなかった黒瑛の胃袋は、何も与えられない事に慣れ始めてるようだった。

だから、黒瑛はそうだと、別の書簡を手に取った。

「この書簡が読めないなら、一旦別の書簡を片付けるか。この仕事を終えたら食事を取ろうと思う」

どうせお腹は空《す》いていないのだからと思って、何も考えなしにそう呟《つぶや》いた。

「この仕事を終えたら、ですか？」

再び、背筋が凍った。

采夏の顔を見れば、先ほどまで申し訳程度に貼り付けられていたはずの笑みさえ消え去っていた。

あ、これはやばいと黒瑛は察した。疲れた頭でも、采夏が怒っていることがわかった。

「ここは空気が悪いですね。少し窓を開けても？」

蛇に睨《にら》まれた蛙《かえる》のように固まっている黒瑛に采夏はそう言うと、ツカツカと机のすぐ近くにある窓の側へと進む。

そして、透し彫りの繊細な木枠の窓を勢いよく開け放った。

窓の仕切りの薄布から入る淡い光とはまったく違う、直接部屋に差し込む光の眩《まぶ》しさに、黒瑛は思わず目を瞑《つぶ》る。

次いで、ブワリと黒瑛の長い髪が靡《なび》いた。風だ。初夏の風が黒瑛の肌を撫《な》でる。そして何かが散らばったような、バサバサという音が耳に届く。

室内のどこか淀《よど》んだような空気が、風によって一気に洗われていく感覚がした。

そして今しがた聞こえたバサバサと何かが飛んだような音の正体が気になって、黒瑛は目を開けた。すると、ひらひらと紙が舞うのが目に入る。

床には、紙類の他に竹でできた書簡も散らばっている。

唐突に吹き込んだ突風に、黒瑛の机に置かれていたものが飛ばされて落ちたのだ。黒瑛はあっけに取られて呆然《ぼうぜん》と見やった。

書簡まみれになったその部屋で、采夏がくるりと黒瑛を振り返った。

満面の笑みを浮かべている。

「陛下、大変もうしわけありません。風でお部屋が散らかってしまいました。私が責任を持って整理いたしますので、陛下はその間、どうぞ食事をお召し上がりくださいませ」

強制的に黒瑛が仕事をしないように風を呼び込んだ張本人は、有無は言わせぬと強い瞳《ひとみ》で語りかけていた。

呆然とした状態で黒瑛は食卓についた。

風に荒らされた机や床を見て衝撃を受けたが、今思えば逆に良かったのかもしれない。

その時は気づけなかったが、身体《からだ》に溜《た》まった疲労はたいそうなものだった。

実際、机に齧《かじ》り付くようにして励んでいたつもりだが、いつもよりも効率が悪く、思ったほど進んでいない。采夏の言う通り休息が必要なのだ。

黒瑛は改めて一息つくと、目の前の昼餉を見やる。

日ごろから好んで食しているものだ。料理人もあまりものを口にしない黒瑛のためを考えて作ったのだろう。

だが、やはり、食欲がわかない。

だが、何か口にした方がいいことは自分でもわかっている。黒瑛は考えた結果、羹に手を伸ばした。豚肉と根菜の羹は黒瑛の好物だ。

一口だけでもと飲もうとしたが、羹の上に浮いている豚の脂を見て手が止まる。

どうも食べる気になれない。

「あまり食欲がわきませんか？」

心配そうな采夏の声。

心配ないと言って安心させてやりたかったが、そんな余裕もなかった。

「すまない……」

「でしたら、こちらならいかがでしょうか？」

采夏はそう言うと、少々白濁した茶色い飲み物を黒瑛に差し出した。

最初、茶かと思ったが、少し違う。

采夏が差し出したそれは、少々濁っているのだ。

今まで災采夏が入れてくれた茶と明らかに見た目が違う。

だが、香ってくる匂いは茶のものと、そして独特の甘い香。

これは……。

「この匂いは、羊の乳か？」

「はい、ヤクの乳です。こちらのお茶は、以前親交のあった遊牧民族の方から教えてもらったもので、バター茶と言います。濃い目に淹《い》れたお茶に、塩を少々。ヤクの乳を入れることで苦みや渋みをまろやかにしているので、飲みやすいかと」

采夏の説明をききながら、光の当たり具合では黄金のように輝くお茶を見つめていた。

お茶の爽やかな香に気分が落ち着き、そしてバターの独特な甘い香が食欲を起こす。

これなら飲める。

そう思った時にはすでに黒瑛はバター茶に口をつけていた。

まず舌に感じたのはバターの甘み。

香の強い分、苦いと思われたお茶が、乳によってまろやかになって喉《のど》に流れてゆく。

（なんという優しい甘さだ……！　その甘さも、僅《わず》かに入れられていた塩によってより引き立てられているようだ。これは茶であって、茶ではない！）

そう思ったところで……黒瑛は赤子になっていた。

何を言っているか分からないかもしれないが、黒瑛だって分からない。

ぎゃあぎゃあと泣くしかできない小さな身になっていた。

一体己が何を悲しく感じて、何が嫌で泣いてるのかも分からず、ただただ泣き続ける。

そして黒瑛は救いを求めて手を伸ばす。そこに安心があるのを確かに知っているのだ。

そう、それは……ほとんどの哺乳《ほにゅう》動物が生まれて、最初に口にするであろう飲み物
……乳。

安心の甘みを確かに感じ取った赤子の黒瑛は、ふわふわとした気持ちで目を開けると、
頬を染めてうっとりした顔でこちらを見つめる采夏と目があった。

気づけば黒瑛は采夏の手を両手で包み込むようにして握っていた。

無意識に伸ばされた自分の手を慌てて引っ込める。

先ほど救いを求めて手を伸ばした先にあったのは、どうやら采夏の手だったようだ。

「相変わらず陛下は、本当にお茶を飲む天才ですね」

ほうと感嘆のため息混じりに呟く采夏を見て、黒瑛は『茶酔』と呼ばれる状態になっていたことに気づいた
采夏が淹れてくれたバター茶なるものはすでに空だった。

先ほど赤子になったような気がしたが、もちろん赤子になっていたわけではない。

茶道楽の采夏曰《いわ》く、飲酒した時のように、お茶で酔う状態のことを茶酔と言うらしく、茶酔状態の黒瑛は突然心象風景の世界へと飛ばされたのだ。

「良かったです。少し顔色が良くなりましたね」

またしても茶酔と言うわけのわからない状態になったことに少々恥いっていた黒瑛の耳に、采夏の穏やかな声が聞こえた。

「ヤクの乳はとても栄養価が高いと聞いたことがあります。疲れた陛下のお体に滋養が染み渡ったのでしょう。まだ飲めるようでしたらまたお作りしますが、いかがなさいますか？」

どうやらバター茶は采夏が黒瑛の身を思って、淹れてくれたお茶だったようだ。

そのことが嬉《うれ》しく、こそばゆい。采夏は、すぐに茶酔状態になる黒瑛を茶飲みの才能が

あると評したが、黒瑛が酔うのは采夏のお茶だけだ。

どちらかといえば、すごいのは采夏の茶なのではないかと、そう思う。

「……そうだな。もう一杯もらえるか。それとやっと食欲も湧いてきた。こちらの昼餉《ひるげ》もいただこう」

少しだけ顔に血色を取り戻した黒瑛がそう言った。

「そういえば、これは、遊牧民族から教えられた茶だと言っていたな。そなたに遊牧民族の知り合いがいたとは知らなかった」

食事をしながら、黒瑛はふと思ったことを口にした。

約束通り黒瑛の執務室を片付けていた采夏は顔を上げる。

「だいぶ前ですが、遊牧民の間で流行《はや》っているバター茶の存在を聞き及び、是非飲みたくてちょうど交易で北州にきていた遊牧民の方を捕まえて教えてもらったのです」

茶のことになるといつも目を輝かせて語る采夏が愛《いと》おしい。好きなものがあるのはいいことだ。采夏の場合は少々好きが行き過ぎているが。

黒瑛は思わず穏やかに目を細める。

「みなさんにとてもよくしてもらえたのです。とくに、ウルジャお兄様には、バター茶以外にも遊牧民族特有のお茶の飲み方を教えてもらいました」

「ウルジャ？　男の名か？」

遊牧民族の名はあまり耳なれないが、どことなく名に男の気配を感じとった黒瑛はそう聞いた。

「はいそうです。私の五つ上で、歳《とし》が近いのもあって仲良くしてくださいました。ここ数年は会えていませんが、今頃どうしているでしょうか」

懐かしむような采夏を黒瑛はなんともいえない気持ちで見つめた。

バター茶なるものを教えたのは男。

はっきり言って面白くない。

しかし相手は、彼女が小さい頃にちょっと会っただけの男だ。

これで嫉妬心を見せたら流石《さすが》に呆《あき》れられるような気がした黒瑛は、必死で顔には出さないように努める。

「ふーん。いろいろ教えてもらったんだな。遊牧民族というと数多《あまた》いると思うがどこの部族だ？」

なんとなく探りを入れてしまった黒瑛だが、幸いなことに黒瑛の言動に引っかかりを覚えることなく、采夏は笑みをこぼす。

「北方のテト高原で遊牧生活を行なっているテト族です」

「……テト族？」

テト族という単語に思わず黒瑛は反応した。

遊牧民族は馬の扱いに慣れているが、中でもテト族の育てる馬の質は素晴らしいことで有名だ。青国は数年前まで彼らが育てた良質な馬を得るために茶馬交易を行なっていた。

行なっていた、と過去形になったのは、今は断交しているためだ。秦漱石が勝手に交易を打ち切ったのである。

それはもちろん、国内に馬を増やさないために。

馬とはすなわち武力だ。国内の者が自分に逆らう力を得ないように、馬の交易を絶っていたのである。

秦漱石を追いやり、実権を取り戻した黒瑛がまず行なったのも、テト族と接触を図ることだった。

テト高原と隣接する北州長の一族、呂《りょ》家の者に茶馬交易再開の命を下した。

だが、残念なことに、茶馬交易再開は成されなかった。

以前不義理をして断交したことをテト族達はまだ根に持っていると、実際に交渉に当たった北州長一族の者は言っていた。

(まさか、こんなところでまたテト族の名を聞くことになるとはな。茶馬交易の再開が成されなかったことも痛手だったが、あの時の呂賢宇《けんう》の騒ぎを抑えるのも頭が痛かった)

茶馬交易再開の任を実際に受けたのは、北州最大のお茶の生産地である道湖省《どうこしょう》を束ねている呂賢宇という者だった。

交易再開の任務を果たせなかった呂賢宇はこの世の終わりのように泣いて黒瑛に頭を下げ、このような不忠者が生きている価値もなし！　などと言って自決しようとする有様《ありさま》だった。

交易再開が果たされなかったことは痛手だが、テト族の言い分は尤《もっと》も。その責任を呂賢宇一人に押し付ける訳にもいかない上に彼は北州を治める北州長呂家の一族の者だ。それを簡単に処しては黒瑛の名声が傷つく。

「テト族の方は、お客様に三つのお茶をご馳走《ちそう》するんです」

テト族についてのことで少々思い悩んでいた黒瑛の耳に、采夏の明るい声が響く。思わずハッとして意識を戻すと、采夏は輝かんばかりの笑みを浮かべていた。

「……三つの茶か。へえ、どんな茶なんだ？」

采夏の笑顔に気が抜けた黒瑛は、テト族との問題を脇に置く事にしてそう話を合わせる。今ここでその問題について考えても致し方ない。

「よろしければご用意しましょうか？　三道茶《サンダオチャ》は口で説明するよりも、実際に飲まれた方がきっと楽しめます」

そう提案する采夏の手はすでにお茶を用意したくてたまらないようで、先ほどからわくわくと指を動かしている。

黒瑛は思わず笑って、采夏にお茶の準備を頼んだ。

そうして采夏はいそいそとお茶を淹れた。いつもは茶葉と湯さえあれば、美味《おい》しいお茶が出来上がるが、テト族の三道茶はそう簡単ではないらしい。

チーズに、胡桃《くるみ》に、シナモンや生姜《しょうが》などの薬味を持ってこさせていた。

普段とは違う様子に黒瑛は驚きつつ見守っていると、早速とばかりにお茶が出てきた。

色味は、普段飲んでいるお茶よりも茶色が濃い。

「……これは、茶葉を鍋《なべ》で煮出したように見えたが」

恐る恐る黒瑛は確認する。その茶色の濃さを鑑みるに、相当苦そうだ。

「これはテト族が特別なお客様にお出しする三つのお茶の一つ、『苦茶《クチャ》』です。仰せの通り、これは茶葉を鍋で煮込んで作っております。茶葉は龍井茶を使用しました」

「苦茶……」

名前まで苦そうだ。

（というか、これは俺が、采夏に出会う前まで飲んでいた茶だな……）

采夏と出会う前までの黒瑛はお茶を薬として飲んでいたため、茶葉を鍋で煮込んだその煮汁を飲んでいた。じっくり煮込むので当然苦い。

苦いものが苦手な黒瑛は、当時あまりお茶が好きではなかった。

目の前の『苦茶』なるものは、まさしくその時に飲んでいたお茶に似ている。

正直あまり気は進まなかったが、三道茶が飲みたいと言ったのは自分だ。

せっかく采夏が用意してくれたものを断れるはずがなく、黒瑛は恐る恐る口に含む。

(これは……!)

舌の上でガツンとくるほどの苦みが襲ってきた。

(苦い、苦いが……まずいと言うわけではない。うん、飲める。なんとか)

黒瑛は一気に苦茶を飲み下す。

そして、何故《なぜ》か、ふと秦漱石の顔が浮かんだ。

兄を失ってから、ずっとずっと殺してやろうと思っていた。

兄の敵討ちのために、怒りと苦みを抱えて耐え忍び、傀儡《かいらい》を演じていたあの頃。

秦漱石の横暴に忠臣を失い、民は疲弊していく。

それを見ることしかできない己の無力さ。

あの時の苦々しい日々が、お茶の苦みとともにふつふつと記憶に湧き上がる。

だが、苦々しい気持ちを抱くだけではない。苦茶は黒瑛をどこか冷静にさせた。

もう秦漱石はいないが、それでも黒瑛はあの日々があったからこそ、今がある。そう思えた。

国のため、民のため、黒瑛が今まさに立て直そうとしているのも、もうあの頃のような状況に戻るわけにはいかないからだ。

仕事で疲弊し、まだ微《かす》かに朦朧《もうろう》としていた意識が、苦みのおかげで覚醒していくのを感じる。

今ここで無理をして倒れるわけにはいかない。

もし倒れてしまえば、きっと第二、第三の秦漱石が現れて、国を貶《おとし》めるだろう。

「テト族が出す三道茶は、人が今まで生きてきた軌跡を示してくれるものだと教わりました。最初のお茶の苦茶は、苦しい時期のことを思い描かせます」

采夏の言葉に黒瑛は深く頷《うなず》いた。

正直なところ、苦みが苦手な黒瑛は、あまり好きな味ではない。だが、自分を見つめ直すきっかけにすることができた。そう感じられるお茶だった。

「次はこちらのお茶をお召し上がりください。三道茶、二番目のお茶、甜茶《テンチャ》です」

どうやら黒瑛が苦茶に思いを馳《は》せている間に、次のお茶の用意をしていたらしい。

差し出された碗《わん》の中には、先ほどの苦茶よりも赤みのある優しい色の液体があった。

しかも底の方に、何か粒のようなものがある。

碗と一緒に差し出された匙《さじ》を使って黒瑛はそれを掬《すく》い上げた。

砕かれた胡桃だ。胡桃の実がお茶の底に沈んでいる。

どういったお茶なのか、采夏に尋ねようと思ったが、黒瑛がお茶を飲むのをどこかワクワクした面持ちで見つめているようだったので、黒瑛は黙って碗を口にした。

そして一口啜《すす》ると、今まで飲んだお茶と全く違う甘みを感じて思わず目を見張る。

甘い、ただただそう思った。

今まで飲んできたお茶の控えめな甘さとは違う。ねっとりとしたコクのある甘さ。まるで菓子でも口にしているかのような甘さだ。

加えて胡桃の香ばしい風味がお茶に染みている。

想像した味とは違うが、これはこれで美味しい。

黒瑛はそのままぐいっと碗を傾けてお茶を呷《あお》った。

するとふわりと、夢心地な気分になり、気づけば黒瑛は後宮の庭園にいた。

いや、実際にそこにいるわけではない。ただ、魂だけがかつてのあの場所にとんでいったような心地だった。

魂になった黒瑛はふよふよと後宮の内庭を彷徨《さまよ》い歩く。

あの場所に行かねばならない、そんな気持ちに駆られ、ふわふわとした気持ちとは対照的に足が迷いなく歩を進める。

そして、出会ったのだ。

後宮の庭の奥の奥に、大きな石を卓にして、ちょこんと上品に座る彼女に。

出会った頃の采夏だ。

胸の中で、愛《いと》しい思いが込み上げていく。彼女は柔和な笑みを浮かべて、お茶を飲んでいた。

そうだ、ここから。ここから始まったのだ。

今まで幸せとは縁遠かった黒瑛の、愛しい日々が。

「甘いな……」

現実に戻った黒瑛は思わずそう零《こぼ》した。

口元には思わず笑みが浮かぶ。

「こちらの甜茶には、先ほどの苦茶を薄めた上に紅糖が入っているのでとても甘くなっているのです」

「なるほど、紅糖か。どうりで菓子のように甘いと思った。……いい味だな」

黒瑛がしみじみ言うと、采夏はふふと軽やかに笑い声を立てた。

「陛下は、甘党ですから、そう仰《おっしゃ》ると思っていました。では次は、三番目のお茶、回味《ホイウェイ》茶《チャ》です」

そう言って、采夏はまた別の碗を出す。

蓋《ふた》を開けると、明らかに今までのお茶とは違うとわかる刺激的な香がした。

お茶の中には、また胡桃のカケラが見える。胡桃の他にも、薄く切った生姜《しょうが》やシナモンなどの薬味が見えた。

この独特な香はその生姜やシナモンからくるものだ。

黒瑛はその刺激的な香に誘われるようにしてお茶を飲んだ。

香から想像していた通り、口の中に刺激的な風味が暴れ出す。

辛み、甘み、苦み、複雑な風味が口の中でくるくると踊り出す。

それとともに、脳裏にまた心象風景が浮かんだ。

兄を失った悲しみ、自分の非力さを恨み復讐《ふくしゅう》を誓った幼い黒瑛。そして、秦漱石を倒すために傀儡を演じた屈辱の日々。

そして采夏との出会いと今までの忍耐が実りを結んだ政変の時。

そこまでのことが一気に黒瑛に降り注いだ頃、いつのまにか黒瑛は皇帝の玉座の前にいた。

玉座には、一人の壮年の男が座っている。

白髪が少しあり、皺《しわ》が刻まれてはいるが、潑剌《はつらつ》とした顔からは王気が見えるようだった。

その様を見て、黒瑛ははっきりとわかった。

今目の前に対峙《たいじ》している壮年の男は、未来の己だ。

余裕の笑みを浮かべた未来の黒瑛は、面白そうにマジマジと現在の黒瑛を見下ろしていた。

少しバカにされているような気がして、黒瑛は顔を顰《しか》める。

「まだ、お前には、この茶は早い」

未来の黒瑛はそう言って、追い払うように手を払う。

ハッと黒瑛は目を覚ました。

（意識が飛んでいた。また茶に酔ったのか……）

現実に戻った黒瑛は、茶酔しやすい己の体質に呆《あき》れ返っていると、目の前の采夏が頬を染めて黒瑛に見入っていた。

「陛下は本当に楽しそうに、美味しそうにお茶を飲まれるので、淹《い》れ甲斐《がい》があります」

ほうとため息まじりに采夏が零《こぼ》す。

「そ、そうか……」

一体どんな顔をして飲んでいたのか分からないので、正直恥ずかしい。黒瑛は気まずい思いを隠すように、口を開いた。

「この回味茶は、なんというか、変わった味だな。甜茶と同じような甘みがありつつ、独特な風味があって、悪くない」

「こちらの回味茶は、仰せの通り、紅糖と胡桃、それにシナモン、生姜をはじめとした薬味を入れております。悲喜こもごもな人生を思い返すお茶と教えてもらいました」

「なるほど、人生を思い返す茶か……」

確かに、黒瑛は人生を思い返していた。だが、途中で、まだ早いなどと言われたわけだが。

「苦茶《クチャ》に、甜茶《テンチャ》に、回味茶《ホイウエイチャ》。それら三つを合わせて三道茶《サンダオチャ》か。それぞれ違う味わいだった。人の生を表すものだと言うのも頷ける」

先ほどの己の心象に浮かんだ景色を思い返しながら黒瑛がつぶやくと、ふと気付いた。

「苦茶は確か、人生の苦々しい日々を表し、回味茶は人生を思い返す茶だと言っていたが、甜茶は何を意味するんだ?」

黒瑛はそう言いながら甜茶を飲んだ時に垣間見《かいまみ》えたものを思い起こした。

出会った頃の采夏の姿を。

「はい、甜茶が示すのは……」

と采夏が説明するより前に、黒瑛は口を挟んだ。

「甜茶を飲んだ時、采夏と出会った時のことを思い出した。采夏が私に微笑《ほほえ》みかけてくれていた」

あの時見た光景を大切に思い返すように、どこかうっとりとした口調で黒瑛はそう答えると、采夏がはたと目を丸くさせた。

そしてみるみると肌を赤らめる。

「ど、どうしたんだ? 風邪か? 耳まで真っ赤だぞ?」

黒瑛がぎょっとしてそう尋ねると、采夏は慌てて首を左右に振る。

「だ、大丈夫、です！　風邪とかでもありません！　気にしないでくださいませ！」

気恥ずかしそうに真っ赤に染まった頬を手で押さえながら、采夏が言う。

「本当に、問題ないのか？」

窺《うかが》うように黒瑛は再度尋ねるが、采夏は大丈夫ですの一点張りだった。

しばらくして采夏は、何度か呼吸をしてから黒瑛の方を見る。

まだ少し頬は赤い。

「あの、甜茶が表すものがどのようなものなのかという話なのですが……その、うっかり忘れてしまったので、わかりません。申し訳ありません」

消え入りそうな声でそう言う。どこかこれ以上追究して欲しくなさそうな様子なので、黒瑛は不思議に思いながらも「そ、そうか」と応じるにとどめた。

「あの、では、陛下、その、散らかった部屋は私が片付けますので、少し仮眠してくださいませ」

くるりと黒瑛に背中を向けて采夏が言う。

「そ、そうか。そうだな、すまない。体に限界が来ていることをやっと実感したところだ。

……少し、休ませてもらう」

眠る、という話をしたところで、急激に眠気が襲ってきた。

今から休めると思った体が早く眠りたいと主張しているようで、瞼《まぶた》が重くなる。

黒瑛はそばにあった長椅子に倒れるように横たわると、目を閉じて深い眠りに入ったのだった。

※

完全に意識を手放した黒瑛の側に寄り、采夏は腰をかがめて黒瑛の寝顔を見つめた。

まだ采夏の頬の熱は引かず、黒瑛を見つめる瞳《ひとみ》には熱があった。

未《いま》だ熱《ほて》っている自分の頬に手を添え、寝ている黒瑛の顔を近くで見ながら、采夏はポツリと呟《つぶや》く。

「人生を表す三道茶。最初の苦茶は、若かりし時の苦しい時期を表し、最後の回味茶は、年老いた時に人生を振り返るような複雑な味わい、そして甜茶は……甘く幸せな人生の喜びを表すのです……」

人生の喜びを表す甜茶。それを飲んだ黒瑛は、采夏との出会いを思い出したと言っていた。

それはつまり人生において最大の喜びが自分との出会いだと言われたも同然だ。

好いている人にそのように言われて、赤面しない乙女がいるはずがない。

周りから茶道楽だ変わり者だと揶揄《やゆ》されがちな采夏だが、これでも一応恋する乙女である。

采夏は未だ高鳴る鼓動を抱える胸を押さえながら、何も知らずに眠りに落ちた黒瑛の顔をただただ見つめるのだった。

第二章　茶道楽は茶飲み友達を得る

多忙を極めた黒瑛《こくえい》だったが、采夏《さいか》とお茶を喫した後、己の不摂生を自覚したことで無理をしなくなった。

忙しいことには変わりないが、以前と比べると顔色も良く体調も健やかに過ごしている。

そして黒瑛の取り急ぎの仕事が落ち着いた頃、以前より打診のあった北州《ほくしゅう》の州長から、娘が一人後宮に入った。

皇太后と皇后への挨拶《あいさつ》のために、煌《きら》びやかな後宮の中でもひと際存在感を放っている場所に足を踏み入れる。

そこは、以前、後宮に妃《きさき》が数多《あまた》いた頃に、上級妃だけの朝議が行われていた場所だった。

凰風殿《おうふうでん》という大きな殿で、ところどころ金粉を散らしたような輝かんばかりの黄土色の壁には、鳳凰《ほうおう》という朱の燃えるような色をした神鳥の絵が描かれている。

天井には、仁徳の神獣である麒麟《きりん》が軽やかに駆けていく絵とともに、琥珀《こはく》や真珠などの宝石類がはめ込まれていた。

後宮の中でも、特に贅《ぜい》を尽くした特別な場所であった。

この場で迎え入れることこそ、皇太后と皇后が新しく入内《じゅだい》する妃を歓迎している証《あかし》ではあったが、当の妃本人はそのあまりの豪華さに気後れしたようで、顔色が悪い。

新しい妃は、とぼとぼと生気なく皇后と皇太后の前までくると、用意されていた席に座った。

入内した妃の歳《とし》のころは、十四。名は呂燕春《りょえんしゅん》。北州を治める呂家の末の娘である。

艶《つや》やかな黒檀《こくたん》のような真《ま》っ直《す》ぐな髪が印象的な、まだ幼さを残した顔立ちの少女だった。

真っ直ぐに切られた前髪の下に見える瞳《ひとみ》は、どこか所在なげにそわそわと周りを窺《うかが》っている。

皇后である采夏と皇太后の許《もと》に挨拶に来ているはずなのだが、終始おどおどしているだけで一向に名乗ってすらこない。

そんな燕春を見て采夏は首を傾《かし》げながら、口を開いた。

「えっと、北州の呂家から来てくれた呂燕春様であっているかしら？」

采夏がそう語りかけると、燕春はびくりと背筋をのばした。

「は、はい……。呂燕春、です。……よ、よろしくお願いします」

ぼそぼそと独り言のように挨拶を述べると、燕春は視線を逸《そ》らして再び背中を丸めた。

どこか怯《おび》えたような様子に、というか皇后と皇太后を前にするには少々不作法な彼女の振る舞いに、皇太后は目を丸くする。

「なんだか、思っていたのと違う雰囲気の娘が来たわね……」

思わず小さくそうこぼしてしまうぐらいには、皇太后も戸惑っていた。

北州は青国《せいこく》の四大州の一つ。その地を治める呂家は采夏の実家である茶家《ちゃ》と同じ名家だ。

茶道楽過ぎてちょっとよくわらないことを言いがちな采夏ですら、名家出身ということで一通りの教育は受けており、一つ一つの動きや話し方などは洗練されている。

しかし皇太后の目の前で終始ビクビクしている娘は、可愛《かわい》らしくはあるがどこかの農村から攫《さら》ってきたと言われても納得してしまいそうな雰囲気でめんくらってしまう。

皇太后が戸惑っている中、采夏は楽しそうに燕春を見やった。

「お茶は好きかしら？」

「お、お茶は、それなりに……好き……です」

やはりボソボソとした話し方は変わらない。

だが、采夏はそれなりに好きと答えた燕春の言葉に満足そうに頷《うなず》いた。

「それは良かったです。それなら燕春妃もここの生活が気に入いるわ。だって、後宮は燕春妃も大好きなお茶が飲み放題なのだもの」

燕春がボソボソと答えた『それなりに好き』は采夏の中で『大好き』に変換されていた。

後宮の良いところがお茶が飲み放題なところだと紹介する采夏に、皇太后はわずかに頭痛を感じてこめかみを押さえる。

燕春は、采夏の言葉に目を瞬《しばた》いた。

先ほどまで怯《おび》えの色しかなかった瞳に、わずかに驚愕《きょうがく》を滲《にじ》ませながら。

※

呂燕春は、とても気の弱い娘だった。

青国の北方にある広大な地、北州。そこを治める呂家の末娘である燕春は、箱入りに育てられた。

加えて気の強い姉達が側にいたこともあって、自分の意見を主張する機会もなく、燕春はいつも誰かの陰に隠れているような立派な人見知りに成長した。

とはいえ、燕春は北州長の娘。極度の人見知りでも、それほど教養がなくとも、良い縁談は山ほどある。

少々不作法であろうとも、その後ろ盾を考えれば誰も燕春を邪険に扱えないのだ。

だから、いつか誰かの家に嫁いで今までと一緒で家に引きこもって暮らしていくのだろうと、ただ漠然と燕春は思っていた。

思っていたのだが……宮中で政変が起きた。

朝廷を牛耳っていた宦官《かんがん》が倒され、名実ともに皇帝の親政が始まった。

当初はこの出来事を、物語のように書かれた書物で知った燕春は、強く若い皇帝に胸をときめかせ、彼を支えたという皇后采夏に憧《あこが》れを抱いた。

燕春の唯一の趣味と言えるのは読書だ。

年相応に恋物語などが好きで良く読んでいた。

今回の政変劇は、小説家の格好のネタだったようで、こぞってそれを元にした恋物語が世に出ているのだが、燕春はそれらの物語を全て読破するぐらいには新皇帝の恋物語を愛好していた。

日夜、皇帝と皇后の物語を読み耽《ふけ》っては、私もこんな恋がしたい、などと呟いて悦に入る毎日。燕春にとって、皇后も皇帝も遠い世界の物語の登場人物であり、雲の上の存在。

そうやって燕春なりに日々を楽しんでいたというのに、まさかこの物語に自分が関わることになろうとは、思ってもみなかった。

皇后である采夏は南州《なんしゅう》長の娘。

今回の政変劇に、南州は多大な力添えをし、その娘が皇后として立った。

そのことで、他の西州《さいしゅう》、北州、東州《とうしゅう》の長は焦った。

東西南北の州は今までその力が拮抗《きっこう》していた。だが、このままでは南州にばかり力がついてしまう。

慌てた南州以外の州長たちは、自分達の一族から年頃の娘を後宮に入れることに決めた。

そうして北州を代表して選ばれたのが、燕春だった。上の姉達はすでに嫁いでおり、嫁入り前の年頃の娘が燕春しかいなかったのだ。

まさに晴天の霹靂《へきれき》。

嫌だと言いたかったが、親にすら人見知りをする燕春に言えるはずもなく。

別の世界の出来事だと思っていた場所に、燕春は放り込まれることになったのだ。

燕春は少々脚色された政変劇の書物を読み漁《あさ》り、そして時には脳内の妄想を働かせて、皇后と皇帝が相思相愛であることを知っている。そんな二人の間に割って入るのが、自分だということに目眩《めまい》がした。

加えて、後宮は魔窟《まくつ》だと聞いてる。

これももちろん書物の知識なのだが、上級妃は新入りの妃をいびり、時には皇帝の寵《ちょう》を得るために他の妃の命を奪う。

皇后と皇帝が相思相愛であること、己がそのお邪魔虫であること、そして後宮とは恐ろしい戦場であるということ、それらの考えがぐるぐると燕春の中で反芻《はんすう》されて、彼女が導き出した答えは……。

（殺される……）

燕春は注がれたお茶を見つめながらそう悟った。

皇后に誘われて、二人で茶会を開いているところだった。

手ずから皇后がお茶を淹《い》れてくれたのだが……。

（きっと、このお茶には、毒が入っているんだ……）

皇帝との愛の邪魔者である燕春を、早速皇后は排除しようとしている。

さすが後宮。入って数日で毒殺されることになるなんて、と燕春は恐《おそ》れ慄《おのの》きながらも毒の入っているであろう蓋碗《がいわん》を手に取った。

毒入りだと思うのなら、飲みたくないと突っぱねられたらいいのだが、燕春にそんな勇気があるはずもなく、静かに心の中で毒茶をあおる覚悟を決めていた。

（うう、思えば、特に楽しいことなんてなにもない人生だった。気になることといえば、愛読してる恋物語の続きが読めなくなることぐらいで……）

そう考えながら、無意識に胸元へと手が伸びる。そこには、お守りを忍ばせていた。

お守りの中身は……毒。

燕春は、皇后にいびられて拷問のような責苦の上で殺されるのだけは嫌だった。故にこっそり毒物を後宮に持ち込んでいた。もちろん誰かを毒殺する目的ではなく、服毒自殺するためのものである。

実家にいた侍女に頼み込んで、用意してもらったのだ。

（そうだ。前向きに考えたら……変に拷問されるよりも毒茶でコロッと死ねるのなら、それはそれで幸運なのかもしれない……）

燕春は必死に変な方向へと自分を励ます。

「どうかしましたか？　この龍井茶《ロンジンチャ》、清明節《せいめいせつ》前に摘んだ茶葉で、本当に美味《おい》しいですよ」

「ひぃっ！」

唐突に皇后采夏に話しかけられて、思わず悲鳴をあげた。

燕春のみっともない悲鳴に皇后は一瞬目を見開いて驚いたようだが、すぐに笑顔で頷いた。

「分かります。本来、皇帝陛下にしか飲めない明前《ミンチエン》龍井茶を前にして緊張してしまう気持ち」

うんうんと皇后はそう言ってしたり顔だが、全然違う。

「ですが、そろそろお飲みにならないと、蒸らしすぎてしまうかも。もちろんお好みもあるので蒸らしすぎたほうがお好きというのなら余計なことですが」

と笑顔でお茶を飲むように促された。

もう逃げ場はない。

燕春は恐る恐る蓋碗の蓋《ふた》をずらす。ほかほかとした湯気が顔にかかった。

このお茶を飲めば、死。

自らの死を意味する淡い黄色の液体を見て、思わず燕春は震え上がった。

手の震えに合わせてカタカタカタカタと、蓋碗が音を立てる。

「まあ、こんなに揺らして……まさか碗を細かく揺らすことで、より茶葉から旨《うま》みを引き出そうとしているのですか？　なんという発想、そしてその技術……素晴らしいが過ぎますね！」

「いや、そうじゃないと思うけど……」

皇后の感心したような声とその侍女の心配気な声が室内で響くが、それどころではない燕春の耳には入らない。

（お父上、お母上、そして兄上達に姉上達、先立つ不幸をお許しください……！）

覚悟を決めて目を瞑《つぶ》り、ひと思いにと蓋碗のお茶を全て飲み切った。

ゴクゴク、ゴクリ。

お茶は熱いが火傷《やけど》するほどでもない。

問題なく嚥下《えんか》すると、舌の上にお茶の苦みと渋みを感じた。そして遅れてとろりとした甘み。

とはいえお茶の美味しさに感じ入る余裕のない燕春はいつ毒が身体《からだ》中を回るのか、今か今かと待ち構えるばかり。

しかし、一向に毒の効果は現れない。

「まあ、素敵な飲みっぷりですね！　それに碗を揺らすことでより茶葉から旨みを引き出すという試みには感動しました。もう一服どうですか？」

明るい皇后の声に、燕春は恐る恐る目を開ける。

「え？　あの、このお茶は……？　えっと、私、いつ死ぬんですか？」

遅効性ですか？　疑問が思わず口から出る。死ぬつもりで飲んだのに死んでいない。

燕春は混乱を極めていた。

「死ぬ……？　ああ、分かりますよ！　美味しいお茶を飲むと、そのまま昇天しそうになりますよね！　分かります分かります。私は美味しいお茶を飲んで昇天しそうになることを尊死と呼んでいるのですが、お仲間がいて嬉《うれ》しいです！」

本当に嬉しそうな声ではしゃぐ皇后に燕春はますます混乱した。

（尊死って何？　服毒死では……？）

「皇后様、落ち着いてください。なんだか誤解がありそうなんですけど。ちゃんと話しあった方がいいのでは？」

という落ち着いた声色を捉《とら》えて燕春がそちらを見れば、皇后の侍女が呆《あき》れたように皇后を見ていた。

そしてすぐに燕春にちらりと視線を送ると同情するように視線を和らげる。

「あの、燕春妃様、少し誤解があるようなのですが……別にお茶に毒なんて入ってませんよ？」

「へ!?」

侍女から冷静に告げられた言葉に燕春は再び情けない声をあげる。

侍女はその反応を見て、「やっぱりそう思っていたのですね」と疲れたように首を振った。

「お茶に毒、ですか？　ああ、分かりますよ。お茶の美味しさと言ったら毒と言って差し支《つか》えないかも知れません。本当に、甘美という名の毒。一口飲めば思わず虜《とりこ》になってしまうのですからこれほど恐ろしい毒がありましょうか」

「皇后様、ちょっと黙っててもらえますか？　場が混乱するんで」

恍惚《こうこつ》の表情で皇后が口を挟むとすかさず侍女が睨《にら》みつけた。

二人の会話を聞きながら、もしかして本当に毒なんて入っていないのでは？　と思い始めた燕春だが、しかしまだ信じきれない。

戸惑う燕春を見て、皇后は訝《いぶか》し気に首を傾ける。

「どうされたのですか？　顔がこわばっていらっしゃいますね……」

皇后は心配そうにそう言うと、申し訳なさそうに眉尻《まゆじり》を下げた。

そしてハッとしたように顔をあげる。

「私としたことが、後宮に来たばかりの燕春妃様に初手で明前の龍井茶をお出ししてしまうなんて……！　明前の龍井茶は美味しいですが、こう、皇族の権威！　みたいな威圧感を感じますよね、すみません。少々考えが足りませんでしたね」

「え、あっ……そういう、そういうのではなく……」

皇后のしゅんと落ち込んでる様子に思わず何か言おうとしたが、うまく口に出ない。

（何故《なぜ》かよくわからないけれど、私のせいで落ち込んでいらっしゃる？）

そんなことを考えて縮こまっていると、唐突に皇后は良《い》いことを思いついたとばかりに顔を綻《ほころ》ばせて両手を打った。

「私に挽回《ばんかい》の機会をくださいませ。燕春妃様が楽しく飲めるようなお茶をお淹れしてみせます」

「え……？　お茶……？」

またお茶の話だ。先ほどから何故お茶の話ばかりなのだろうか。

毒はもういいのだろうか。燕春はよくわかっていない。

戸惑う燕春に気づかず、皇后はお任せください！　とばかりに笑みを浮かべて力強く頷《うなず》いた。そして隣の侍女は疲れたような顔をして首を振っていた。

「燕春妃様、お待たせしました。こちらのお茶をどうぞ」

そう言って、新たに別の茶葉を入れた蓋碗が卓に載る。

「は、はい……」

燕春はあいまいに返事をしてその蓋碗の蓋をずらした。

先ほど飲んだ龍井茶と言われたものよりも少し黄色みが濃い。

湯気とともにふっくらとしたお茶の香が漂ってくるが、それほどお茶に精通していない燕春には龍井茶との香の違いはよくわからなかった。

ふと視線を感じて顔を上げれば、皇后と目があう。

何も言ってきてはいないが、キラキラと輝くような瞳《ひとみ》から、お茶飲まないんですか？飲まないんですかー？という無言の圧力を感じる。

燕春はゴクリと唾《つば》を飲み込んだ。

（もしかしたらこのお茶にこそ毒が入っているのかも……。さっきのお茶は私を油断させるための罠《わな》）

一体何のための罠なのか。冷静であれば自分が思い違いをしていることに気づいたかもしれないが、残念ながら今の燕春は冷静ではない。

一度固めた死の覚悟を再び引っ張り出して、燕春は蓋碗に口をつけた。

（あ……この、味、知ってる……）

死を覚悟して口に含んだところで感じたのは、懐かしさ。

ふうわりと舌の上に広がる渋みはどこかまろやかで、微《かす》かに果物のような味わいを感じる。

よく舌に慣れ親しんだ味だった。

それとともに、今まで燕春が読んできた物語が思い起こされる。

（そうだ、この味。実家でよく飲んでいたお茶の味だ。このお茶を飲みながら、書物を読んでいて……）

昼下がり、窓辺に座って書物を広げる。そばに置いた小さな卓には、お茶の入った碗と甘いお菓子。

暖かな太陽に照らされ、時には爽《さわ》やかな風を感じながら、書物を読み耽《ふけ》る。

口寂しくなったら甘いお菓子を頬張り、甘くなりすぎた口を整えるためにお茶を飲む。

そこには確かに、幸せがあった。

先ほど、人生にいいことなんて一つもなかったなどと悲観していたのに、こうやって思い返せばどれほど満ち足りた日々を過ごしていたのかが身に染みてくる。

「こちらは燕春妃様の出身地、北州の道湖省《どうこしょう》で育てられている碧螺春《ヘキラシュン》です」

「碧螺春……」

北州の碧螺春と言えば、青国内でも有名な名茶である。

北州原産のそのお茶は、同じく北州出身の燕春にとって馴染《なじ》み深い味だった。

二口、三口、燕春はそのお茶を味わって、ほ、と息を吐き出した。

思わず漏れ出たその息とともに、身体中から緊張が抜けていく心地がする。

「落ち着きます……」

自然と言葉が漏れた。

今までずっと、慣れない後宮での生活に気持ちが張り詰めていたのだと改めて気付かされた。

毒やら殺されるやらと悪い想像ばかりをしてどんどん心に余裕を無くしていた燕春に、故郷を思い出させる碧螺春の味は心のゆとりを与えてくれた。

「ただ今年は虫害が酷《ひど》かったみたいで、碧螺春の新茶は後宮にも回ってこなくて……本当に残念です」

と本当に悲しそうに呟《つぶや》く皇后の言葉に燕春は顔を上げた。

「虫害？　あ、そういえば、父上がそのようにぼやいていたかもしれません……」

碧螺春の産地、道湖省の管理は、燕春の叔父《おじ》が任されている。

以前その叔父が、申し訳なさそうに謝罪に来ていた。

あれはきっと碧螺春を虫に害されたことへの謝罪だったのだろう。

「今年の新茶が楽しめないのは残念ですけれど、燕春妃様にとっては昨年摘んだ碧螺春の方が馴染み深いでしょうから、かえってよかったかもしれません」

どうやら先ほど出された碧螺春は、昨年摘んだ茶葉のものらしい。

言われてみれば、昨年読んだ書物のことがやけに鮮明に脳裏に浮かぶ。

このお茶を飲みながら、書物を読んでいたからだろうか。

そう、昨年読んでいた書物は、今も大流行している皇帝と皇后の政変劇の物語で……。

と思い起こして、燕春はハッと息をのんだ。

（そうだった。私は、皇后様にとって……）

「皇后様、で、でも……わ、私は、皇后様にとって邪魔者ではないですか……？」

それなのに、どうして優しくしてくれるのだろうか。

多少口籠《くちご》もりながらも、燕春は最後まで言葉を口にした。

本来なら、性格上絶対に口に出せなかった疑問だが、先ほど飲んだ碧螺春が緊張で乾いた燕春の口の中を潤してくれた故に、いつもよりもするりと言葉が出てくる。

「邪魔者？　何故？　私は一緒にお茶を飲める方が来てくれて、本当に嬉しいのに」

仙女のような優し気な声が降ってきた。その声は間違いなく皇后の口から発せられていた。皇后は手に蓋碗《がいわん》を持って微笑《ほほえ》んでいる。

（なんて、綺麗《きれい》な人なのだろう……）

燕春は唐突にそう思い、目の前の人に見惚《みほ》れた。

そして書物で読んでいた政変劇の物語が再び鮮やかに色づいて脳裏を巡る。

優しく美しい采夏妃が、その献身でもって皇帝を救う。

悪人にその身を捕らえられて人質にされても、一歩も引かず恐れず、皇帝のことを第一に思い続けていたという。

燕春の中で、書物に描かれた物語が実際に見てきたかのように巡ってゆく。

(ああ、そうだわ。私が夢中になった物語の登場人物である皇后様は、私なんかがきたところで何も動じないのだわ。だから私を殺そうとするはずもない。だって、二人は相思相愛。私なんかが間に入り込む余地なんかない。ああ、私はなんて愚かな妄想に取り憑《つ》かれていたのだろう。というか、待って……。もしかして、私あの物語の続きをこのまま生で見られるということでは……？　皇后と皇帝の行く末を、生で！　直《じか》に!!)

いきなりぱああっと目の前がひらけた気がした。

皇后とともに歩む光の道が見えてくる。

後宮に来てからずっと悲観していた燕春に唐突に照らされた光。

あまりの眩《まぶ》しさに思わず燕春は目を細めながら皇后を見つめて、口を開いた。

「皇后様、私、これからずっと皇后様のお側《そば》にいたいです」

ひとつも吃《ども》ることなく、燕春はそう告げた。

今までのおどおどした様子が消え去り、皇后の侍女が思わずと言った様子で驚いたように目を見張る。

「まあ、ずっと？　もしかしてずっと私とお茶を飲んでくださるということでしょうか？　嬉《うれ》しい！　それでは早速新しいお茶を淹《い》れないと！　あ、どのくらい飲めますか？　ちまちま蓋碗で淹れるより、いっそ壺《つぼ》で作りますか!?」

「そうですね！　是非！」

異様にテンションの上がった皇后に燕春はそう答えると嬉しくなってうんうんと頷く。

すると、その拍子に胸元に入れていたはずのお守り袋が、卓の上に落ちた。

袋の結び口が解《ほど》け、中から白い毒の粉が少しこぼれる。

上がりに上がっていた燕春のテンションが、一瞬にして地に落ちた。

後宮に、毒を持ち込むのは罪だ。それが縦令《たとえ》自分に使うものだったとしても。

顔が青ざめ全身が強張《こわば》って動けない。

すると、皇后がその袋を拾い上げた。拾い上げてしまった。中の粉を指にのせて、まじまじと確認している。

「まあ、これは……」

皇后が粉を見てそう驚いてみせた。

（終わった……）

未来が開けたように感じた燕春だったが、その輝かしい未来はあっと言う間に潰《つい》えた。

燕春が絶望に暮れていると、皇后は、何故かお守り袋の口を紐《ひも》で締め直し、燕春に差し出す。

「燕春妃も、なかなかですね」

采夏はそれだけ言うと笑顔で毒入りのお守り袋を燕春に返してくれたのだ。

(も、もしかして、皇后様は、毒物を持ち込んだ私のことを許してくださると言うの!?)

色々なものがこみ上げてきて、泣いてしまいそうだった。

皇后の慈悲深さに。寛容さに。尊さに。

一生ついていく、一生推せる。

「さあ、燕春妃、お茶を飲みましょう?」

そう穏やかに誘ってくれた。その優しさが尊くて視界が滲《にじ》む。

「皇后様が淹れてくださるお茶なら何杯でも飲めます。最後まで皇后様にお付き合いします!」

感極まった燕春がそう言うと、皇后の侍女が険しい顔をした。

「死ぬつもり!? 皇后に付き合ってお茶を飲んでたらお茶の飲み過ぎで死にますよ!?」

必死の形相で訴えてくる侍女の姿はもう燕春の目には入らなかった。

(お茶を前にしてきゃっきゃしてる皇后様、尊い……)

そう言って瞳《ひとみ》を潤ませて、そして出されたお茶を飲み干して、飲み干して……。

気づけばお茶を飲みすぎて倒れてしまい、隣で皇后の侍女が「だから言ったじゃん……」と呆《あき》れた声が聞こえてきたが、それでも燕春は幸せだった。

※

青国後宮のとある昼下がり。

黒瑛は采夏に誘われて、後宮の東屋《あずまや》に腰を下ろしていた。

風が気持ち良いからと、采夏が茶会を開くと言ったのだ。

卓をともにしているのは、黒瑛の他に、新しく入った妃《きさき》、呂燕春。

皇帝と皇后の間に割って入るような形になった燕春は少々恐縮した様子だったが、次第に慣れてきたようで楽しそうに後宮での生活を語ってくれる。

最初、簡単に挨拶《あいさつ》だけした時は、これと言って目を引くところのない少し陰気な性格の女性と思っていたが、根は明るかったらしい。

「それにしても最初はどうなることかと思ったが、皇后と妃で仲良くやっているようで、良かった」

黒瑛は、その鋭利な美貌《びぼう》を和げてホッとしたようにそう言った。

後宮では、女達が血を血で洗うような足の引っ張り合いをすることもままにある。

しかし、采夏も燕春も皇帝の寵《ちょう》を競い合うようなことはなさそうで、二人楽しく後宮で穏やかに過ごしているようだ。

今は、国政の立て直しで手一杯な黒瑛にとって、後宮の状況が落ち着いているのはありがたい。

とは言え、采夏があまりにも普段通りすぎて、嫉妬のひとつも見せてくれないことに少々残念に思う気持ちもあるのだが。

それはそれでないものねだりというものだろうと、黒瑛自身もわかっている。

「本当に皇后さまには良くしてもらっています。私も大好きな物語の世界に浸れて本当に幸せです」

「物語の世界……？」

「はい……！　こうやって書物の世界を生で堪能《たんのう》できるひと時のなんと贅沢《ぜいたく》なことでしょう！」

キラキラした目で采夏と黒瑛を見やる燕春に黒瑛は首を微《かす》かに傾《かし》げる。

燕春の言っている意味を測り兼ねていた。しかし黒瑛の隣に座る采夏は目を輝かせる。

「わかります！　わかりますよ！　その気持ち！　お茶とは世界、お茶とは物語。そういうことですね？　ええ、ええ！　その通りです！　その通りですとも！」

そう言って采夏は燕春の手をとった。

燕春は、大好きな書物のもとネタである皇后と皇帝を生で見られることを贅沢だと言ったつもりなのだが、采夏はお茶の話のことだと勘違いしているらしい。

しかし、燕春は訂正する気も起きなかった。

なにせ、憧《あこが》れの皇后が自分の手をとって、潤んだ瞳で見てくれているのだから。

おもわず燕春は頬を上気させた。

「皇后様……」

ほわんと、うっとりするような声で皇后の名を呼ぶ。

二人の世界に入ってしまったかのような采夏と燕春を、側で黒瑛がなんとも言えない気持ちで見つめていた。

(仲良くしてくれるのは嬉しい、嬉しいのだが……仲良くしすぎは良くないような気がする)

主に黒瑛の心の平穏的な意味で。

「俺の存在を忘れるなよ……」

二人の世界に入ってしまったような雰囲気に、黒瑛はどこか悲しそうにそう呟いた。しかし、二人の耳には入らなかったようで手を繋《つな》ぎ合い、見つめ合っていた。

「燕春妃様、お届けものがございます」

皇后と手を取り合う燕春のそばに彼女の侍女の一人がやってきてそう声をかけた。

燕春は、話しかけられて一瞬、不満そうな顔色を見せたが、侍女の手に抱えられている木箱に視線を移すとさっと笑顔になる。

「とうとうきたのですね!! 良かった！ 叔父《おじ》様ったら、本当に遅いのですから！」

嬉しそうにそう言うと、早速その木箱を受け取り、采夏に笑顔を向ける。

「皇后様、皇后様、以前、皇后様が碧螺春の新茶が飲みたいとおっしゃっていたので、碧螺春の産地、道湖省をまとめております叔父に持ってこさせたのです！」

燕春がはにかんだような顔でそう言うと、皇后采夏は目を見開いた。

「え、えっ？ 今年の、碧螺春の、新茶の……？」

途切れ途切れと言った感じでどうにか皇后の口から確認の言葉が漏れると、燕春は大きく頷《うなず》いた。

「はい！」

「で、でも、虫害で、今年は摘めなかったと……」

「ですが、無事な茶葉もあったはずです。ですから、叔父に文を出して持ってきてほしいとお願いしました」

「まあ、そんな……！ え、どうしましょう、本当に、碧螺春の新茶が!?」

口元を手で押さえ、目にうっすら涙を溜《た》めるほどに喜ぶ皇后を見て、燕春も黒瑛も嬉しそうに口を綻《ほころ》ばす。

が、黒瑛は遅れて少し顔を顰《しか》めた。

「しかし、虫害を理由に、今年の碧螺春を一欠片《ひとかけら》もこちらに送ってこなかったというのに、姪《めい》に言われたからと言って容易《たやす》く用意するとは……」

黒瑛とて、采夏のために碧螺春を少しでも都に送るよう度々知らせは出していた。

だが、ないものはないですとばかりに突っぱねられていたのだ。

自分が采夏を喜ばせたかったのにと、少々悔しい思いがする。

「叔父に送った文には思いのたけを綴《つづ》りましたので、きっと私の気持ちをわかってくれたのです！」

「ほう、それほどの思いでか。どんなことを書いたのだ？」

「碧螺春の新茶を贈らないならば、国軍の兵士という兵士を連れて茶畑に摘みに行き、根こそぎ残ったお茶の葉を摘みたぐりたい気持ちだとお伝えしました」

「そ、それは……」

黒瑛はびくりと思わず笑顔がひきつる。

それはほとんどただの脅しなのではないだろうか。

采夏も采夏で少々突拍子もないが、この娘もなかなかに変だな、などと黒瑛が思っていると采夏が不満そうな顔をしていた。

さすがの采夏も、燕春の発言を咎《とが》めねばと思ったか、と意外そうに黒瑛はみやる。

「燕春妃、お茶の葉を兵士の皆さんで摘み尽くすなんて、それはなりません。来年の実りのことも考えねば。それに、無骨な兵士方に茶摘みは難しいかもしれません。茶摘みは一《いっ》芯《しん》二葉、もしくは一芯三葉《さんよう》。柔らかいお茶の木の先端部分だけを丁寧に摘むのは、無骨な兵士の指では、難しいでしょう。無駄に茶木を傷つけることになるかもしれません。お茶を摘ませるのなら、後宮の宮女達がよろしいかと。彼女達はすでに一人前の茶摘みです」

采夏はこんこんと茶摘みのことについて語った。燕春はそれを聞いて、勉強になりますとばかりに深く頷いている。

(違う。指摘して欲しいのはそこではない。あといつの間にか後宮の宮女が一人前の茶摘みになっている……!)

黒瑛の後宮のはずが、もうほとんど采夏のための茶畑となっている現状に思わず首を振る。

少し頭痛がした。

「そうですね、皇后さま。私としたことが、思いの猛《たけ》るまま文に書き連ねてしまって……。反省いたします」

「ええ、分かりますよ。私もお茶のことになると、たまに周りが見えなくなることもございますから」

それはたまにではない気がするが。

黒瑛はそう思ったが賢明にも口に出さなかった。

そして一通り燕春に茶摘みのことについて語り尽くした後、采夏は上機嫌で両手を打っ

た
「では早速、今年の碧螺春をいただきませんか⁉　楽しみです！」

そう言って采夏はそわそわとその箱を開けて、中の茶葉を見てうっとりと顔を綻ばせた。

「確かに、この茶葉の形は、碧螺春ですね……！」

そう言って、目を閉じて深呼吸する。茶葉から香るものを楽しむように。

そして、先ほどまで興奮していたかのような采夏の動きが、止まった。

不思議そうに茶葉を見つめる。

「あの、こちらは、本当に、碧螺春、ですか……？」

ポツリと呟《つぶや》かれた言葉に、燕春は首を傾げながらも頷いた。

「はい、そのはずです。木箱にはきちんと碧螺春と銘打っておりますし……。何か気になることでもありましたか？」

「……そう、ですね。あの……いえ、とりあえずいただきましょう。飲めばもう少しこの違和感についてわかるかもしれません」

采夏はそう小さくつぶやいてから、訝《いぶか》しげに木箱から茶葉を摘《つま》んだ。

そうして、いつも通り采夏がお茶を淹《い》れる。

本来なら侍女である玉芳《ぎょくほう》の仕事ではあるが、お茶を淹れるのも采夏の趣味の一つ。

それを邪魔すると、怒られるのは玉芳なので、いつも主人たる采夏が行なっていた。

采夏はテキパキと手慣れた動きでお茶を淹れると、少々浮かない顔をしながら皇帝と燕春に出した。

先ほどまでと打って変わって、沈んだ様子の采夏に戸惑いながら、黒瑛と燕春は蓋碗《がいわん》を手にする。

采夏は二人に心配されていることに気づかず、真剣な顔で蓋碗の蓋《ふた》を取ってお茶の色を確かめていた。

「確かに、色も碧螺春のもの。茶葉の形も摘み方も……。でも……」

ボソボソと采夏はそう言うと、ゆっくりと一口お茶を口に含んだ。

それに倣うように皇帝と燕春も続く。

黒瑛が一口そのお茶を飲んだ時、純粋に美味《おい》しいと思った。

采夏ほど味の違いを理解しているわけではないが、渋みや苦みなどは例年の碧螺春と同じもの、のような気がする。

だが、何か。何かが足りない気もする。

「やっぱり……」

どこかがっかりしたような、不安そうな采夏の声に黒瑛は顔を上げた。

かつてないほどに真剣な顔で采夏が碗に入った茶を見ている。

そして懇願するように、黒瑛を見上げた。

「陛下もお分かりになりましたか？」

「いや、正直なところ分かっていない。何か物足りないような気がするが……」

黒瑛がそう言うと燕春も小さく頷いた。

「確かに、微《かす》かにちょっと違うような……不作の影響でしょうか？　同じ銘柄でも味わいはその年によって異なると聞きますし」

黒瑛はその話を聞いてなるほどと頷きかけたが、采夏は「いいえ！　これは、この味の変化はあり得ません！　だって、これには明らかに碧螺春特有の果実風味がない！」と言った。

「果実風味……？」

「はい、碧螺春を生産している道湖省の茶畑は、果樹園でもあるのです。果樹の下に茶木を植えている。だからこそお茶に独特な果実のような甘酸っぱい風味が香るのです」

そう言って、采夏はまだ湯に浸していない碧螺春の茶葉を指でつまんで見つめた。

「この茶葉の形、炒《い》り方は間違いなく碧螺春の茶葉。基本的な味もお茶の色も、碧螺春です。ですが、果実風味だけがない……」

「茶木の周りに生えていると言う果樹も虫害にあって不作だったのだろうか」

黒瑛の推測に采夏は首を振った。

「実が不作だとしても、果樹の葉っぱや幹、枝などからも果実独特の甘い香を発しています。そして茶木はそれらのわずかな香も素直に吸収してくれるのです。しかし、この碧螺春には、わずかな果実風味さえ感じられない。果実が不作と言う理由だけでは説明がつきません」

「では、碧螺春の茶畑周辺の果樹が全て跡形もなくなった、ということか？」

「……何があったのか詳しいことはわかりません。ですが、碧螺春の産地、道湖省で異変があったのは間違いないかと」

お茶を前にした采夏にしては珍しく、ひどく沈んだ声でそう言った。

第三章　茶道楽はお茶の産地を案ずる

壁のほとんどを金色に塗られている部屋にて、一か所だけ目が覚めるような鮮やかな紺色の壁があった。その紺色の壁には黄金の龍《りゅう》が描かれている。

壁に埋め込まれた拳大程《こぶしだいほど》はある水晶の玉を、金で描かれた龍がその鉤爪《かぎづめ》で大事そうに摑《つか》んでいた。

見る者を圧倒するその龍の絵が描かれた壁を背にするような形で、黄金の玉座が置かれている。

龍を背負っているかのようなその椅子に座れるのは、青国《せいこく》の皇帝、黒瑛《こくえい》ただ一人。

ここは、皇帝の謁見の場。青国の皇宮の中でももっとも神聖で、権威ある場所。

黒瑛は、自らが座る玉座から四段ほど下がった赤色の敷物《しきもの》が敷かれた床に膝《ひざ》をついて頭を垂れる男を見下ろした。

「わざわざ、北州《ほくしゅう》からここまでの旅路ご苦労だったな。立って良い」

皇帝、黒瑛がそう言うと、男は「ありがとうございます、陛下」と言って立ち上がった。

黒瑛は値踏みするようにしげしげと男を見やった。

年の頃は、四十程。

小柄な体軀《たいく》の髭《ひげ》を生やした中年男で、名を呂賢宇《りょけんう》という。

先日、後宮に入った妃《きさき》、燕春《えんしゅん》の叔父《おじ》にあたる。

糸目になるまで頰の筋肉を盛り上げたような笑みを浮かべた呂賢宇は、実に人が良さそうだった。皇帝に会えたことを心底喜んでいるように見える。

「この度は陛下にご挨拶《あいさつ》ができる栄誉を賜り誠にうれしゅうございます」

妙に甲高い声でそう言うと、呂賢宇はさらに口角を上げて見せた。

黒瑛は彼の人の良さそうな笑顔を見ていたら、一年前のことを思い出した。

テト族との茶馬交易の任を遂行することができず、顔面に悔しさと申し訳なさを貼り付けて自害すると訴えでた男こそ、今目の前にいる呂賢宇だ。

黒瑛が呂賢宇に会うのは一年ぶりだった。

（采夏《さいか》に碧螺春《ヘキラシュン》の産地で何かあったのかもしれないという警告を受けたので会ってみる気になったが……なんと切り出そうか）

呂賢宇を見た感じでは、自分が束ねている地に何か異変があると思っている風ではない。

そう思ったところで、なにやら感じるものがあった。視線だ。

その視線の先を追うと、澄んだ青い瞳と行きあう。

呂賢宇のすぐ後ろに控えている従者の男だった。

彼は顔のほとんどを布で巻いて隠しているため、目とその周りぐらいしか露出していないが布の隙間から見える肌の色は浅黒い。

顔を布で隠すことは、自分よりもはるかに高貴なものと会う時の礼儀でもあるため、貴人の付き人が布で顔を隠すのはよくあることだが、彼の青い瞳は鋭すぎる。

「それにしましても、突然、姪《めい》から文が届いて驚きました。今年の碧螺春を持ってこなければ、兵をよこすと……。これは、冗談でございますよね？」

話しかけられて黒瑛はハッと視線を呂賢宇に戻した。

困ったような笑みを浮かべる呂賢宇と目があい、ちらりと従者に視線を移したが、その時彼はすでに青い瞳を伏せていた。

先ほどの視線が嘘《うそ》だったかのように、静かに存在感を消して膝《ひざ》をついている。

黒瑛は、ここで考えても仕方ないと小さく息を吐き出した。

呂賢宇から碧螺春の話を振ってくれた今が、問いかけるにはいい頃合いだろうと口を開く。

「燕春妃の文は許してほしい。お茶好きの皇后を想《おも》ってのことなのだ。しかし、よく碧螺春の茶葉を少ないながらも持ってくることができたものだ。確か今年は不作で、清明節《せいめいせつ》の折にも献上できないという話だったが」

黒瑛はそう問いかけると、呂賢宇はまさしくしゅんと音が鳴りそうなほどに素早く眉尻《まゆじり》を下げて見せた。

「清明節の折は虫害のために陛下に献上するに値する茶がなく、誠に申し訳ございませぬ。申し開きのしようもございませぬ。今回お持ちいたしました茶葉は、雨季の後により芽生えた茶の葉にございます。春先よりかは大分回復いたしまして、このようにお持ちいたすことができました」

「ならば、碧螺春の産地の様子は例年通りで、問題ないのだな？」

黒瑛は努めてその部分をゆっくりと口にした。

「ええ、もちろんでございます。少々虫害にて傷めた茶木はありますが、今まで通りの様子で変わりございません。来年の春先には茶を献上したく思っております。ですが天の気候は下賤《げせん》な私には預かりしらぬところのため、確実にお渡しできるかどうか、お約束ができないことが真《まこと》に心苦しいばかりでございますが」

心底申し訳なさそうに目にうっすら涙さえ溜《た》めて見せて呂賢宇は言う。

しかし言っている内容としては、来年も碧螺春の茶葉を献上できないことに対する予防線のようにも感じる。

（碧螺春の産地に特に変化はない、か。それは異変に気づいていないだけか、それとも気づいていながら俺に偽りを言ってるのか……）

茶道楽の采夏が、碧螺春の産地で異変が起きていると言った。ならば、確実に異変は起きている。例年通りであるはずがない。

黒瑛は呂賢宇の真意を測ろうと、彼を見るも変わらず人の良さそうな笑みを浮かべるのみ。なんとなく毒気を抜かれる。

(采夏がいたら、こんな時どうするだろうか……)

ふとそんな考えが浮かんだ。

碧螺春のことが気がかりだった采夏は、自分も呂賢宇に直接会いたいと言ってきた。皇后である采夏は他の妃と違って、政《まつりごと》にも口を出せる。こうやって臣下の謁見に同席しても問題ない立場だ。

だが、采夏が碧螺春のことで少々興奮状態というか冷静ではない様子だったので、呂賢宇との謁見は止《や》めさせてしまったのだが。

あのまま采夏がここにいたら、どうなっていたか。絶対にひと騒動起きるのは目に見えているが、しかしだからこそ解決の糸口を見つけ出せたのかもしれない。

黒瑛は助けを求めて、チラリと階下の斜め前を見る。

黒瑛のお目付役とでもいった立場で、現在は皇帝を補佐する三公の一人『太師《たいし》』の任についている陸翔《りくしょう》だ。

事務系の仕事をほぼほぼ一人でこなしている陸翔は、もともと細かったがここ一年で随分と痩《や》せた。やつれたと言った方が正しいか。

そんな陸翔に助けを求めて見てみたが、片眼鏡の奥の瞳《ひとみ》が鋭く細められて黒瑛を見返してきた。

これぐらい自分でなんとかなさい。

そう言われている気がした。

幼き頃の学問の教師でもあり、今現在かなり世話になってる陸翔には逆らえない。

黒瑛は小さくため息を吐き出すと思い切って口を開いた。

「特に変化はないと言うが、碧螺春の茶の味が変わったと皇后が言っていたぞ。何か心当たりはないか」

腹の探り合いが得意というわけではない黒瑛は、そのまま直接問いただすことにした。

陸翔から小さく呆《あき》れたような溜息《ためいき》が聞こえたような気がするが、気にしない。

黒瑛は呂賢宇を見つめた。黒瑛の質問にどんな反応を示すか、確かめるために。

黒瑛に、お茶の味が変わったことを指摘された呂賢宇は驚いたように僅《わず》かに目を見開いた。そして、一瞬、不機嫌そうに眉根を寄せたような気がした。

しかしそれはほんの一瞬で、彼はすぐに困ったような笑みを浮かべる。

「茶の味が変わった、ですか？　はてさて、私にはわかりませんでしたが……虫害のせいでしょうか」

その顔に害意はなさそうではあった。

だが何か、隠しごとをしている気もする。

内心で警戒を強めた。だが、強く言うことも憚《はばか》られる。

秦漱石《しんそうせき》を追い出し、実権を握ったとはいえ、臣下や辺境地を治める四大州の州長らの信頼を得ているかどうかというと、微妙な立場の黒瑛だ。

北州の州長一族である呂賢宇にたいして誤った対応をすれば、どうなるか。

未《いま》だ黒瑛は薄氷の上の王であった。

「そうか、虫の害による味の変化か。皇后にはそう伝えておこう。ああ、そうだ、呂賢宇よ、せっかく都まできたのだ。しばらくここに滞在するがいい」

黒瑛がそう言うと呂賢宇は大きく目を見開いた。黒瑛は続けざまに言葉を添える。

「そなたの姪も、突然後宮で暮らすことになって少々塞《ふさ》ぎ込む時もある。そなたがいれば心強かろう」

「は、いや、ですが、私など……」

「なんだ。まさか、余のもてなしを受けられないと申すのか？」

戸惑ってる様子の呂賢宇に、黒瑛は有無を言わさぬ口調で言ってのけた。

皇帝からの誘いを断れるわけがないと分かっていての言葉だ。

「そ、そんな！　滅相もございません。も、もちろんにございます！　陛下のお誘いは誠に名誉なこと！　お断りするはずがございませぬ！」

そう言って笑みを浮かべる呂賢宇を、黒瑛は冷静に見下ろしていた。

これで少しだけ、調べるための時間に猶予ができた。

碧螺春の味の変化の裏に何か大きな事件が隠されているかもしれないし、そうでないかもしれない。

わざわざ黒瑛自ら調べる必要がない可能性の方が高いが、なんとなく気になる。

そう思っていると、ふと再び強い視線を感じ取った。

視線の元に目をやると、また、あの鋭い青の瞳。

呂賢宇の従者の男からだった。

※

季節の花が咲き乱れる緑豊かな庭園。

鮮やかな景色の中に、優美な軒ぞりの建物が並んでいる。

どの殿も美しく装飾され、汚れ一つないが、同時に人の気配もあまりない。

ここは後宮。現在、皇后である采夏と、永《えい》皇太后が治める皇帝の妃《きさき》の園である。

肥大した後宮の人件費削減のために、妃達は一斉に解雇され、宮女達の多くにも暇を出したために、区画によっては人の気配を全く感じない場所になっていた。

その静かな後宮の石畳の道を、男が一人で歩いていた。

男子禁制の後宮ではあるが、妃の親類とその付き人は許可があれば入れる。

男は、妃の親類の付き人として後宮に入ったのだが、気づけば一人になっていた。

（おかしい。呂賢宇が消えた）

男は、燕春妃の叔父にあたる呂賢宇の付き人、名をウルジャという。

ウルジャは後宮の庭園の中に立ち尽くしてあたりを窺《うかが》うも、捜し人は見つからない。

（呂賢宇の後ろをついてきたはずだが……呂賢宇め。いい歳《とし》して迷子とは）

おそらく迷子と言えるのはウルジャの方なのだが、彼はそれを認めず、呂賢宇に迷子の汚名を着せた。

（困ったな。どこに行けばいいか全くわからねえ）

人気のない無駄に広い後宮で、ウルジャは途方に暮れた。

しばらくとぼとぼと歩いていると、以前慣れ親しんでいた甘い匂いが漂ってきた。

遊牧民族であるテト族が主に飼いならしている家畜、ヤクの乳の匂いだ。

あの慣れ親しんだ、そして今ではどこか懐かしささえ抱くこの甘くまろやかな匂いをウルジャが間違えるはずはない。そしてヤクの乳の匂いとは別に、香ばしいような、爽《さわ》やかな香も漂う。

これは、この香は、間違いない。

バター茶だ。

青国の茶特有の青味のある香がヤクの乳でまろやかになって香るバター茶。

ふと、懐かしい草原での暮らしを思い出した。

雨の日も晴れの日も、辛《つら》い時も嬉《うれ》しい時も、テト族はバター茶を飲んだ。

肉食中心になる遊牧民族のテト族にとって、茶は生活に欠かせないものだった。

草原に残してきた者達は、再び茶を飲めているだろうか。

茶葉を煮込んで濃い目に淹《い》れた茶にたっぷりのヤクの乳を入れて……。

青国の地にとどまってから、一年程になるが、ひどく懐かしい思いがする。

ウルジャは故郷に想いを馳《は》せながら、思わず香のするところに向かって歩いていた。

一体誰が、青国の中心地でバター茶を飲んでいるのだろうか。

誘われるようにして、草木の間をくぐり抜けた先には、朱塗りの柱でできた円形の東《あずま》屋《や》があった。

その東屋の円卓に、どこかで見たことがあるような横顔があった。

長い髪を少しだけ結わえて背中に流し、丸い瞳《ひとみ》は真摯《しんし》に目の前の茶碗《ちゃわん》に注がれている。

紅をつけてない自然な赤色の唇を少しだけつきだして、碗につけた。

そして満足そうに細めた目には、澄んだ蜜《みつ》のような瞳。

この顔、お茶を飲むときに、幸せそうに微笑《ほほえ》むその顔を、ウルジャは知っていた。

(采夏だ……)

幼き頃に出会った時の記憶が蘇《よみがえ》る。

突然やってきて、茶のことを教えて欲しいとねだってきた幼い少女。

一番歳の近いウルジャが話し相手となって、色々と語り明かした。

出会ってともに過ごしたのはほんの数刻。しかしその時のことは今でも鮮明に覚えている。

それほど、ウルジャにとって楽しく特別な思い出だった。

(何故《なぜ》、采夏がここに……)

そう思って、すぐに気づいた。ここは後宮だ。

(そうだった……。采夏は皇帝の妻になったんだ)

呂賢宇から事前に皇后の名を聞いていた。

若い皇帝が皇后として立てたのが、南州《なんしゅう》の姫、茶《ちゃ》采夏だと。

突然振って湧いてきた懐かしい名に、驚愕《きょうがく》したのを覚えている。

だからこそ、呂賢宇とともに皇帝という地位につく男に謁見した時、その男の人となりを確かめるように見つめてしまったのだ。

見目は男のウルジャから見ても整っているとは思うが、なんだか澄ましたような表情がいけすかない。

そのことを思い出してウルジャの中に苦い気持ちが蘇る。

何故そんな気持ちになるのか、ウルジャ自身もまだ分かっていないが……。

『奪えばいいんだ！　最初に奪ったのは青国だ！』

テト族の若い男の口から漏れた言葉が脳裏に浮かんだ。

奪う。何を？　采夏を？

ウルジャはハッとして、思わず一歩後ろに下がると……。

――パキ。

細い小枝が折れたか、葉が割れた音か、ウルジャが踏みしめた足の下で微《かす》かに音がなった。

その音に反応して、驚いたように少しだけ顔を上げた采夏が、こちらを見た。

大きな瞳をさらに真ん丸にさせていた。

※

采夏は一杯のお茶を前にして、思わず唇を尖《とが》らしていた。

お茶を前にしてこのような不貞腐《ふてくさ》れた態度、我ながらよくないと思うのだが胸がモヤモヤするのは止まらない。

今睨《にら》み合っているお茶は、今年の新茶と言われて送られた碧螺春の茶葉。

本来なら、爽やかな果実風味を感じられるお茶のはずが、今年の新茶はそれが消えてしまっている。

（碧螺春のお茶自体も、美味《おい》しい。美味しいのだけれども、どうしても例年の碧螺春の味を求めてしまい、純粋に楽しめない……）

采夏は先ほどから、碧螺春を一口飲んでは落ち込んで、もう一口飲んでは落ち込んでを繰り返していた。

それに、飲むたびに今碧螺春の産地で何が起こっているのか気になって仕方ない。

産地の道湖省をまとめている呂賢宇と直接会って問いただしたかったが、黒瑛が許してくれなかった。

冷静でないからだとかなんとか言われたが、碧螺春の産地に何かあったかもしれないと思っていて冷静になれるわけがない。

（こっそり、北州に行こうかしら。一度、遊牧民族の方と会うために北州にも行ったことがある。土地勘なら多少はあるわ）

と、以前、遊牧民と対話した時のことを思い出したら、ふと、ヤクの乳が脳裏に浮かんだ。

「そうだわ！　ヤクの乳！　ヤクの乳だわ！」

采夏は自分の思いつきにカッと目を見開いた。

「え？　ヤクの乳がどうしたの？」

隣に控えていた玉芳《ぎょくほう》が、先ほどから浮かない顔をしていた采夏が突然大声を出したので訝《いぶか》しげにそう問いかける。

「この碧螺春のお茶にヤクの乳をいれて、バター茶にしましょう！　個人的には、バター茶はお茶の繊細な後味を台無しにするところがあるので、あまり好まないのですが、それが逆にいいのかもしれないです！」

そう口で説明しながら自分の思いつきに満足した。

後味の風味が気に入らないのなら、初めからそれを期待しない飲み方をすればいい。

「では早速、ヤクの乳をもらってこようかしら！　司食殿《ししょくでん》は確か……」

「ふっふっふ。皇后様、この優秀な侍女の存在をお忘れでなくて？」

さっそく乳をもらいに行こうと立ち上がりかけた采夏に、得意げな玉芳の声が降りてくる。

彼女の方を見れば、小瓶を差し出していた。

「まさか、これって……」

「ヤクの乳よ。この前采夏が淹れてくれたバター茶、私結構気に入ってて、最近お茶を飲む時には入れるから、持ち歩いてるの」

二人きりの時はどうも口調が砕ける玉芳がそう言って、笑顔を見せた。

「まあ！　玉芳さんったら、ご自身の好みに合わせて、茶の供を常日頃持ち歩くなんて、れっきとした茶道楽ですね!!」

拳《こぶし》を握って嬉しそうに采夏ははしゃいだ。

「やめて。茶道楽とかじゃない。采夏と同列に並べるのだけは本当にやめて。采夏に合わせてお茶を飲む時、飽きが来ないようにしてるだけ」

玉芳は即行でいやそうに拒否したが、采夏の耳には入らなかった。

侍女ということで、采夏の側にいるとことあるごとにお茶に誘われる。玉芳は別にお茶が嫌いではないし好きな方ではあるが、さすがに采夏のペースに合わせていると飽きが来る。

乳はその飽きが来た時のためのものだった。

「ではでは、早速バター茶を二人で飲みましょう！」

「いいけど、これ一人分しかないから。やっぱり私取りに行ってくる。采夏は一人で先に飲んでて」

「え!?　そんな！　それは流石《さすが》に申し訳ないです。待ってますよ？」

「良《い》いの良いの。というか、飲んでて？　私、采夏ほどお茶飲めないから、むしろ飲んでて。私が行ってる間に少しでもお腹の中にお茶を満たしておいて？」

「そ、そこまで言うのなら……」

強い口調で言われて采夏は思わず頷《うなず》いた。

それに、今碗に入っているお茶の熱が引いてしまう。

玉芳が司食殿に行くのを見送ると、采夏はお言葉に甘えて先ほど睨めっこしていた碧螺春のお茶にヤクの乳を入れた。

それをかき混ぜる。本当なら、専用の器具で攪拌《かくはん》するが、今はないので仕方がない。

しばらくすると碗から、乳の甘い香が漂ってきて、誘われるように一口飲んだ。

(美味しい……)

気持ちがほっとするような優しい味だ。

バター茶を味わっていると、ふと幼い時に出会った遊牧民の少年を思い出した。

屈託なく笑う彼は、今はどうしてるだろうか。

――パキ

微かな物音。

玉芳が戻ってきたのだろうかと顔を上げると、顔を布で隠した男がいた。

後宮で、黒瑛以外の男性にお目にかかる機会は少ない。

誰だろうか。どこかで会ったことがある気がする。

「貴方《あなた》は……」

そう言って言葉を切る采夏。

顔が覆われていて、なかなか思い出せない。

采夏が戸惑っていることに気付いたのか、突然現れた男は慌てたように顔に巻いた布を解く。

「久しぶりだな。采夏」

そう言って、はにかんだように笑う。

澄んだような青い瞳に、黒々とした髪を後ろで三つ編みにまとめている。浅黒い肌には張りがあり、柔らかく笑う姿に先ほどちょうど脳裏に浮かんだ遊牧民の少年の姿が重なった。

以前会った時よりも随分と大人っぽく、精悍《せいかん》になったが、あの時、采夏にバター茶と三道茶を教えてくれた少年だ。

「まあ、まさかウルジャお兄様ですか!?　なんということでしょう。本当にお久しぶりです。でも、後宮でお会いするなんて……陛下のお客人としてこられたのですか？」

「ああいや、俺が客人というわけでなくて、客人の付き添いってところだな。そいつが姪《めい》に会いに後宮に行くっていうんで、俺も連れてこられたんだが、やつがいなくなって途方に暮れてたんだ。そしたらヤクの乳の匂いがしたから」

気安い口調に采夏は懐かしさがまさって思わず笑みを深めた。

「まあウルジャお兄様ったら、迷子だったのですね。確かにここは無駄に広いですから」

「俺が迷子なんじゃない。そいつが迷子なんだ」

ウルジャの言葉にくつくつと笑う。なんだか昔の幼かったあの時に戻ったようだ。

「久しぶりに会えたのが本当に嬉《うれ》しい。采夏、伝えるのが遅れたが、皇后になったんだな。おめでとう。俺は青国の事情に詳しくないが、それでも、これがすごいことだってわかる」

ウルジャの祝いの言葉に嬉しくはなったが、同時に疑問が過《よ》ぎる。

なぜ、遊牧民族であるウルジャがここにいるのか。

先ほどは付き添いと言っていたが、青国の人の付き添いをするというのがまずありえない。

遊牧生活を捨てて、青国に移住でもしたのだろうか。

それに、付き添いとして後宮に入ったということは……。

「はい、ありがとうございます。それにしても、姪に会うために後宮に入れる方というと……ウルジャお兄様が付き添いをされているのは、道湖省《どうこしょう》を治める呂賢宇様ですか？」

そう言った采夏の声は思ったよりも険しくなった。

それも当然だ。なにせ呂賢宇は碧螺春の味の変化について何か知っているかもしれないのだから。

采夏の問いに、ウルジャが少し戸惑ったように目を見開くがすぐに頷《うなず》いた。

「そうだが、何かあるのか？」

警戒するように問われて、采夏は少し迷ったが思い切って口を開いた。

「何か、あるといいますか、このお茶のことなんですけど」

采夏はウルジャに茶色に濁った液体の入った茶碗《ちゃわん》を見せた。

バター茶だ。

「そういえば、采夏がバター茶を自分で淹《い》れて飲むのは意外だな。初めて振る舞った時は、不評だったじゃないか。それとも、やっとバター茶のうまさにきづいたか？」

ウルジャはからかうように言った。

遊牧民が飲むお茶について知りたいと、わざわざ南州という遠い地から北州まで来た時のことを言っているのだろう。あの時采夏は、初めてバター茶を飲んで、正直微妙そうな顔をしたのを覚えている。

采夏の好みの話だが、お茶は何も入れずに楽しむのが一番かもしれないと思ったできごとだった。

「不評と言いますか、バター茶はヤクの乳の主張が激しすぎるのです！　せっかくのお茶の繊細な味が鈍くなって、ただただヤクの乳の甘さばかりが舌にまとわりつく。いえね、そういう飲み物だと言われたら、おいしいのですよ。お茶の苦みがヤクの乳でまろやかになって、かつお茶の香ばしさも微《かす》かに残る。ですが、お茶を飲みたい！　となった時にバター茶を出されたら、これは違うってなります！」

と少しふてくされたように言ってしまった。

だが、采夏にだって好みはある。

そんな采夏が可笑《おか》しかったようでウルジャはハハと声を出して笑った。

「で、それなのに、どうしてバター茶を飲んでるんだ？　バター茶が飲みたい気分だったのか？」

「それは、呂賢宇様が持ってこられた碧螺春のせいです！」

「碧螺春の？」

「この碧螺春には果実味がないのです！　碧螺春を飲んだ時に微かに感じられる果実の新鮮な甘酸っぱい風味が、まったく！　ないのです！　だから、この碧螺春を飲んでいるとなんだか悲しくなってしまい……それならいっそのことヤクの乳で風味を鈍らせてしまおうかと思いまして。そうしたら、それが大正解でした。ヤクの乳の自己主張の強さが、私の繊細な悲しみもすべて飲み込んでくれるようで、純粋にバター茶として楽しめます」

ありがたいことに満足のいく味だった。

バター茶にするとおいしいと気づけた自分が少し誇らしい。

しかしすぐに不安な気持ちが浮上する。

「ウルジャお兄様は碧螺春の産地である道湖省を治める呂賢宇様と一緒にいらっしゃるのですよね？　碧螺春の茶畑に何が起こっているのかご存じですか？」

「……悪いが、実際に茶を育てているところにはいったことがないから分からないな」

嘘《うそ》は、ついてないように見えた。でも、何かを隠しているようにも見える。

「ウルジャお兄様は、どうして青国にいるのですか？　テト高原での暮らしはどうされたのです？」

采夏の問いに、ウルジャは顔を曇らせた。

「……俺は遊牧民だ。心は常に平原の空にある」

ではなぜ、青国にいるのだろうと、采夏は眉根《まゆね》を寄せる。

そういえば、黒瑛からテト族との茶馬交易が断絶されたままだという話を思い出した。

秦漱石が、テト族との交易を勝手に断ったのだ。

そして、黒瑛が交易の再開を願い出たが、テト族は一度裏切った青国を許せず断ったと。

となれば、テト族は……。

「今までのようにバター茶を飲めていますか？」

采夏がふと口についた疑問に、ウルジャの顔が明らかに強張《こわば》った。

「……今までのように、飲めてると思うか？　交易を絶ったのは、青国だ」

責めるような口調で言われて采夏は息を呑《の》む。

いや、実際責められているのだ。

「確かに、そうですが、陛下は交易を再開したいと思っています。きっとこれから以前の通り」

「何を言ってるんだ？　今の皇帝も交易する気はないと聞いてるぞ」

采夏の言葉に、ウルジャが顔を険しくさせてそう言った。

思わず采夏は目を見張る。

（交易をする気がないと聞いてる……？）

そんなはずはない。黒瑛は確かに、交易を再開させようと動いていた。

二人で戸惑うように見つめあっていると、誰かを捜す男の声が聞こえてきた。

「どこにいるのだ！」

聞いたことのない声だったが、ウルジャは誰の声か分かったらしい。

その声に反応して顔を上げた。

「悪いな。呼ばれてる。……会えて良かった」

そう言って、ウルジャは采夏に背を向けると茂みの中に入っていった。

突然の再会の喜びが消えて、なんともいえない気持ちを抱えた采夏は彼の背中を見送ることしかできなかった。

※

後宮の最南端には、後宮の中でも一際広く壮麗な殿がある。扁額《へんがく》に描かれた文字は『雅《が》陵殿《りょうでん》』。皇后の住まう宮の名前だった。

現在その雅陵殿近くの内庭には、茶木が植えられている。

見渡す限りに広がる茶木の畑が月明かりに照らされて、その青々しい葉の色を映し出す。

思いのほかに壮観だった。

この茶木の広がる夜景を満足そうに眺めながら、采夏と黒瑛が静かにお茶を嗜《たしな》んでいた。

茶請けに、氷で冷やした桃や葡萄《ぶどう》、ライチなどの果実を広げている。

夏の盛りの今の季節、昼間は茹《う》だるような暑さだが、夜になるとその暑さも鳴りをひそめ夜風が心地よい。

「それにしても、この暑い時期にも熱い茶を好むとは、さすがだな」

采夏が、湯気の出る碗《わん》を持って飲んでいる姿を見て、皇帝が冗談めかしてそう言った。

黒瑛もお茶を飲むこともあるが、昼間はもっぱら果実水を口にすることが多くなってきた。

「まあ、陛下、ご存じないのですか？　湯の温度は高くとも、お茶は本草学にて「涼性」

の性質を持っています。つまり体を冷やす効果があるのですよ。ですから、夏にこそお茶は飲まれるべきなのです」

うんうんと、満足そうに頷《うなず》いて采夏は言うと、再びお茶に口をつけた。

黒瑛をもつられてお茶を口にする。

「涼性か……。確かに、すっきりとした味わいは、涼しげかもしれない」

と言って熱いお茶を飲む。飲むと熱い湯が喉《のど》を通り、一瞬体が温まるような感覚を覚えるが、それも次第に落ち着いて涼やかなお茶の香を感じる。

本草学にはそれほど詳しいわけではないが、涼性を持つと言われればそうかもしれないと思えてきた。

「ところで、陛下、碧螺春のことですが、何か分かりましたか？」

采夏にそう尋ねられて、黒瑛はゆっくりと座椅子の背もたれに寄りかかった。

今日の采夏はいつもと違ってどこか剣呑《けんのん》な雰囲気があったが、この話題のためかと黒瑛は内心で納得する。

「今、礫《れき》に調べてもらっているが、まだ詳しいことは分かってない。道湖省は、青国の北限だ。調べに行くと言っても時間がかかる」

「そうですか……」

気落ちしたような采夏の声に、きゅっと胸を締め付けられた。

（くそ。北州の顔を立てないといけないとかの面倒なことを全部かなぐり捨てて、呂賢宇を絞り上げて吐かせようか）

黒瑛の心の内に黒い思いが湧く。

だいたい、道湖省で何かが起こっているのに、何もないと皇帝である黒瑛に嘘をついているとしたら呂賢宇は罪人だ。そして、逆に何も気づいていないのだとしても、それもまた責任者として罪にあたる。

北州の一族でなかったら、問答無用で捕らえていたかもしれない。

あの気の弱そうな男を内心で罵《ののし》っていると、「へーいかー！」と妙に明るい男の声が聞こえてきた。

その声の主に心当たりのあった黒瑛は思わず顔を顰《しか》めた。

やってきたのは虞《ぐ》家の兄弟の兄にあたる礫だ。

秦漱石を共に打倒すると誓い合った仲間で付き合いも長い。

気安い話し方も許しているし、大体のことは無礼とも思わない。

背格好が黒瑛と似ていて、たまに影武者になってもらうこともあるぐらいには信用している。

だが、采夏と過ごしている時に当然のようにやってくるのはどうだろうか。

そもそもここは男子禁制の後宮だ。

「おい、礫、なんでここにいるんだ」

ため息交じりにそう言うも、本人は全く気にせずペロッと舌を出して片目をつむって見せた。

「ごめんごめん。ちょっと、報告したいことがあったから来ちゃった！」

来ちゃったじゃねえよ、と黒瑛は内心あらぶったが、口に出すのはやめた。

礫には口喧嘩《くちげんか》で勝ったことがない。何を言っても動じないし、責めたら責めたで逆に喜ぶような男だった。

「礫様、お久しぶりです。礫様は相変わらず神出鬼没ですね！」

采夏も普通に明るく挨拶《あいさつ》をしてくれているのが、幸いだ。普通の皇后だったら、突然の闖入者《ちんにゅうしゃ》に怒っていてもおかしくない。

「采夏ちゃんも久しぶり！　陛下と采夏ちゃんが一緒にいるって聞いたから、ちょうどいいと思って来たのよ。碧螺春の産地、道湖省のことで変な噂《うわさ》を聞いてね」

「道湖省の噂ですか？」

礫の言葉に采夏が身を乗り出した。

「そう。采夏ちゃんも聞きたいでしょう？　あ、ちょっと一杯お茶飲ませて。急いできたから喉《のど》乾いちゃって」

そう言って、礫はちゃっかり黒瑛と采夏の間に座ると、黒瑛の飲みかけの茶碗を奪って口に含んだ。

流石《さすが》に無礼過ぎる気がしたが、咎《とが》めたら咎めたでやはり喜ぶような男だと知っているので黒瑛は見逃す。

それよりも、話の続きが気になった。

「で、わざわざ二人の時間を邪魔しに来たんだ。有益な情報なんだろうな」

「有益かどうかは分からないけど、これは二人の耳に入れるべきかなって。商人から聞いた話なんだけど、碧螺春が不作というのは、嘘なんじゃないかって」

「どういうことだ？」

黒瑛は訝《いぶか》しんだ。

皇帝の許《もと》には碧螺春が虫害により不作ということで報告が届いている。故に今年の茶葉は届かなかった。

「春先に碧螺春の茶畑の近くを通った商人の話では、確かに、茶葉の香がしたんですって。しかも、どちらかというと例年よりも強く香ったらしいわ。離れた場所でも風に乗って茶葉の香が十分飛んでくるぐらいには、畑に茶が芽生えていたんじゃないかってことね」

「呂賢宇は嘘をついているということか？」

黒瑛はそう呟《つぶや》くと、礫に目線で話の続きを促した。

「それともう一つ。最近、碧螺春の茶畑周辺の警備が厳重になってるらしいわ。どうやら、人手を増やしてるみたいで」

礫の報告に黒瑛は訝しんだ。

碧螺春は青国の有数の名茶だ。龍井茶（ロンジンチャ）を生産している龍弦村《りゅうげん》と同じように、その製法を秘匿するために周りを塀で囲み守ってはいる。しかしそれも必要最小限。だいたい何故《なぜ》今、不作だという茶畑の警備を増やす必要があるのだろうか。

「で、これが一番やばそうなんだけど、その増えた人手っていうのが、異国民のような格好をしてるらしくてね」

「異国民だと⁉」

思わず黒瑛から大きい声が漏れる。

「ま、噂だけど、でもなにもなければそんな噂もたたないでしょう？」

黒瑛は口元を片手で隠し、視線を斜め下に向ける。考える時の黒瑛の癖だ。

（異国民が碧螺春の茶畑の警備に関わっている？　いや、茶畑の警備というが、どちらかといえば監視なのではないだろうか……。まさか、俺の知らぬところで、異国民に侵攻されたか？）

そもそも異国の民が、青国にいるということがあり得ない状況だ。

「不作でない様子の碧螺春の茶畑に、異国民が関わっている。もしや、虫害と言って、碧螺春を国に出さなかったのは、異国民に茶を流していたからか？」

そう推測をした黒瑛は、呂賢宇と謁見した時のことを思い出す。

呂賢宇のそばには、布で顔のほとんどを覆って隠していた男が側にいた。

うっすらと布の隙間から見える肌は浅黒かった。

彼は、異国民なのではないだろうか。

そしてその鋭い目をした呂賢宇の従者は、呂賢宇を見張るためについてきたのではないだろうか。

そう思うと色々と腑《ふ》に落ちるような気がした。

呂賢宇のあのいかにも人の良さそうな笑みを思い出す。

正直、気の弱そうな男だった。

異国民に脅されているのかもしれない。つまり異国民が、青国の茶を奪っている。

そこまで考えて黒瑛は軽く首を振る。

(だめだ。これはあくまでもただの憶測……まだそうと決まったわけではない)

すぐに答えを求めようとする己を律していると、

「……実は、先日、後宮で呂賢宇様が連れている従者の方とお話しする機会がございまして」

考え込む黒瑛の耳に、采夏の声が響いて思わず顔を上げた。

「な、何？　あの従者と？」

何故、あの男と采夏が話を？　いつ、どこで……。

顔のほとんどを布で覆ってはいたが、なかなかの美男だったように思う。

こんな時に変な方向で嫌な気持ちがむくむく込み上げてきた。嫉妬《しっと》だ。

はっきり言えば気に入らない。美男だと言うところが特に。

「それ本当？　采夏ちゃん。何か話せた？」

礫が話の先を促すと、采夏が頷いた。

「燕春妃に会うためにきていた呂賢宇様と一緒に後宮内を歩いていたところ、はぐれてしまったようで。それで、東屋《あずまや》でお茶を喫しておりました私と遭遇したのですが……彼は、私の知り合いだったのです」

采夏の話を聞きながら、後宮で采夏とばったり遭遇という幸運を決めた男を内心罵《ののし》っていると、最後に思ってもないことを言われた。

「……采夏の知り合い？　南州の者だったのか？」

「いいえ、南州の者ではありません。そもそも青国の者でもないのです。彼は、北州のさらに奥の山脈を越えた場所にあるテト高原で暮らすテト族、遊牧民族の方です」

「遊牧民族!?　しかもテト族だと!?」

さらに衝撃的なことを言われて思わず黒瑛の声が裏返る。

「でも、それなら、アタシが聞いた話ともつながるわね。道湖省にいる異国民はテト族なのかもしれない……」

　礫の言葉に微《かす》かに頷《うなず》く。

（だが、何故テト族が……）

　以前、北方の遊牧民族、テト族との茶馬交易を復活させようと呂賢宇に交渉するように命を下した。

　だが、結果、色良い返事は来なかった。

　七年ほど前にこちら側が勝手に断交したことを責められ、交易再開の提案は突っぱねられたという話だ。

　彼らの言い分ももっともで、嗜好品《しこうひん》である茶のために嫌な相手と交易を結ぶのを厭《いと》うのも当然といえた。だから、時間をかけてゆっくりと交渉しようと思っていたのだ。

　だが、礫や采夏の話ではそのテト族が、北州にいる。

　あり得ない。いまだ彼らとの繋《つな》がりは断絶したままのはずだ。

「本当にテト族なのか？」

　黒瑛が確かめると采夏は頷いた。

「それは間違いありません。以前、陛下にバター茶をお出しした時に、話しましたでしょう？　遊牧民族のお茶が気になって、教えを請いに北州にいったことがあると」

「……!?　ああ、確か交易で町に下りてきた遊牧民族を捕まえて、茶の飲み方を色々と教えてもらったとかいう……」

と言いながら、采夏と話した時の会話を脳内で思い出す。

バター茶の存在を知ってわざわざ北州にまで出向き、出会った遊牧民のお世話になった。

そしてそこで、お世話になった者の名前は、確か、『ウルジャお兄様』。

あの時感じた嫉妬心が、再びむくりと黒瑛の心の中で立ち上がった。

「というと、あの従者は、ウルジャとかいうのか」

思ったよりも硬い声が漏れる。

(そういえば、謁見した時に、睨《にら》んできていたような気がする。采夏は俺の女だと言いたげだったかもしれない。よもや宣戦布告か)

黒瑛の中で妄想が膨らんでいく。

「陛下」

その黒瑛の妄想を止めたのは、采夏の甘い声だ。

「名前まで記憶されてるなんて。私の話をちゃんと覚えていてくださって嬉《うれ》しいです」

「もちろんだ。采夏の話は、どんなことでも記憶している」

黒瑛がそう答えると、ほんのり采夏の頬が赤くなる。

少しはにかんだような采夏の顔に、先ほどまで黒瑛の中でもんもんとしていた感情がきれいさっぱり散っていった。

（やはりかわいい。娶《めと》りたい。既に娶っているが、もっと娶りたい）

黒瑛が采夏の微笑《ほほえ》みに頭をやられていると、礫が呆《あき》れたようにため息を吐く。

「ちょっとちょっと陛下、落ち着いてくれる？　気持ちはわかるけど今はデレデレしてる場合じゃないでしょ？」

礫に諭されて黒瑛は気まずそうに咳払《せきばら》いした。礫の言う通りだった。

「べ、別にデレデレしていたわけでは……まあいい。話を戻そう。テト族のことだ。他にどんなことを話した？」

「碧螺春の産地のことについて伺いました。ですが、彼は何も知らないと。けれど、無関係だとは思えません。それに、茶馬交易を再開したいと青国が訴えていることを知らないようでした。でもウルジャお兄様が知らないというのはあり得ません。彼は、テト族の族長の息子、後継者です。茶馬交易再開の交渉が持ちかけられたら、彼の耳にも必ず入ります」

「では彼が知らないというのなら、部族全体が知らないのと一緒ということか？」

ますます疑問が深くなる。

呂賢宇は、交易の再開についての交渉に行かなかったのだろうか。

もちろん、ウルジャという男が嘘《うそ》を吐いている可能性もあるが。

「テト族の方は嘘が苦手です。それにウルジャお兄様は、寂しそうでした。それはおそらく長らくテト高原に帰っていないから」

黒瑛の迷いを見透かすように、采夏が言った。

「なぜそう思う？」

「バター茶を見て、ひどく懐かしそうな顔を。それに、何より彼が宮中にいるということ自体が、おかしいのです。彼らは高原で生きる民なのです。大人しく宮中に留《とど》まっているということはつまり、そうせざるを得ない何かに縛り付けられている」

必死で訴えかけるような采夏に思わず黒瑛は目を見張った。

しかし、采夏の言うことは尤《もっと》ものように感じられる。

青国の民は地に根付いて暮らすことを選んだが、テト族のような遊牧民族は地に根付く暮らしを拒否し、遊牧生活をして暮らしている。

そこには彼らなりのこだわりと誇りがある。

青国の民が、地に根付いての暮らしに誇りをもっているように。

そのテト族が、今、内密に青国で暮らしているというのはあり得ないのだ。だが、実際に彼らは青国に滞在している。すくなくとも、呂賢宇の付き人としてきたウルジャと言う男は、大人しく宮中に滞在している。

ふと、呂賢宇の顔が浮かんだ。

先ほどまで、異国民に脅されて困り果てた顔で茶を奪われていく呂賢宇を想像していた。

しかし、今は違う可能性が見えてきた。

(呂賢宇こそが、全ての元凶なのではないだろうか……)

そしてどちらにしろ、国に内密に遊牧民族を抱えているのだとしたら、それは大問題で、呂賢宇の責任問題になる。

(しかし今はまだ疑惑の段階。糾弾するには証拠がない。呂賢宇は北州一族の一人。証拠もなしに下手に糾弾して失敗すれば、他の三州のあたりが強くなる)

それに全容が良く見えない。呂賢宇の目的、そしてテト族の目的も。

「せめてテト族のウルジャというやつと呂賢宇を引き離して、話を聞けたら良《い》いが。呂賢宇は従者を片時も離さない。妙だなとは思っていたが、変に情報が外に漏れないためだったのかもしれないな……」

ウルジャという青年と直接話をしてみたいが、おそらくそれを呂賢宇は許さないだろう。

「直接、ウルジャお兄様にお話しされたいのですか？」

小首をかしげながら采夏が言った。

「ん？　ああ、まあな。……呂賢宇は、おそらく腹芸では俺より上手だ。やつからは核心となるような話をひきだせないだろう。だから、そのウルジャというやつと接触したい」

黒瑛がそうこぼすと、采夏は控えめに「陛下」と名を呼んだ。

「それでしたら、私に良い考えがあります。……一緒にお茶を飲めばよいのです」

采夏はそう言うと、ニンマリとした笑みを浮かべた。

第四章　茶道楽はお茶で客人をもてなす

透し彫りの衝立《ついたて》には、見事な蓮《はす》の紋様。細やかな刺繍《ししゅう》が施された枕は高く、部屋中に並ぶ装飾品は、申し分ない。

宮中でも、最上位の客室だ。

その豪華な客室の中で、一人の男が苛立《いらだ》たし気に膝《ひざ》を揺すっていた。

（くそ！　くそ！　くそ!!　なんなんだ、あの皇帝は!!　いつまでここに滞在すればいいんだ！　若造のくせに私に命令するとは生意気な！）

男は内心で罵《ののし》る。

顔を顰《しか》めて皇帝を内心罵るのは、皇帝の前では見事なまでのこびへつらい顔を張り付けていた呂賢宇《りょけんう》だった。

（大体にして、あの莫迦《ばか》燕春《えんしゅん》が悪い。何が、このまま碧螺春《ヘキラシュン》を持ってこなければ兵士を連れて茶を摘みに行く、だ!?）

そう言って、呂賢宇は文を握りしめた。

ぐしゃりと握りつぶされた文は、燕春からの呼び出しの文。

文の内容を要約すると、『碧螺春をもってこい。皇后に献上しろ。皇后に献上するのだから、呂賢宇お前が出向くのが礼儀だ。さもなければ、兵士を連れてお前のところの領地を侵略するぞ』といった具合だ。

この文を見るたびに、呂賢宇は怒りのあまり血管が切れそうになる。

大体、兄の末の娘である燕春は、気の小さい、何も言えないような小娘だったはず。その顔さえおぼろげなほど存在感もなかった。なのに、まさかこんな脅迫まがいの文をだすとは今でも信じられない。

本当に自分で書いたのか、誰かに書かされたのか。誰かに書かされたのだとしたら、一体誰に。

答えの出ない疑問に、忌々《いまいま》しそうに眉《まゆ》を寄せる。

（まさか、まさかとは思うが、勘付かれたか……!? 私が……）

と思って、呂賢宇は、先の謁見でまみえた黒瑛《こくえい》の顔を忌々し気に思い浮かべ、ぎりりと音が鳴るほどに奥歯を噛《か》みしめた。

「なあ、青国《せいこく》は本当に、茶馬交易を俺達と行なう気はないのか？」

ふと横から声をかけられて、暗い妄想に囚《とら》われていた呂賢宇は視線を上げた。

そこには、北州《ほくしゅう》のさらに北にある山脈を越えた先にある草原に暮らす民、テト族の男がいた。

名はウルジャ。

呂賢宇は、燕春の呼び出しの文を読み、急いで都に移動する必要を感じたが、馬車での移動では時間がかかりすぎる。

そこで、ウルジャの馬で移動することにした。

遊牧民族テト族が育てる大きな馬は、二人乗りでもかなりの速さが出る。

呂賢宇にとって、ウルジャなどは下の下の存在。にもかかわらず自分と直接口を利き、なおかつ粗雑な話し方をするのが気に障るが、何とか穏やかな笑みを浮かべて見せた。

呂賢宇にとって、ウルジャはまだこれから使い道のある男だ。

「そうだとも。突然どうしたのだ」

「そうか……」

呂賢宇の言葉に、ウルジャはそれだけ言うと、不満そうにむっつりと押し黙った。

（相変わらず、何を考えているかわからん男だ）

内心で舌打ちをしながら、彼を見やる。

（急ぎのために仕方なかったとはいえ、こいつを従者に選んだのは失敗だったか。私に多少は恩を感じているようだが、良く分からん奴だ。私がやっていることを口に出してしまうやもしれん。面倒だが、宮中にいる間は常に側で見張っておかねば）

警戒するように目を細めると、ウルジャが顔を上げたために目があった。

「青国との茶馬交易を断たれていた俺達に、国に隠れて交易を結んでくれたことは感謝している。だが、本当に青国は、茶馬交易を拒否しているのか？　皇帝は、茶道楽で有名な皇后を娶《めと》ったんだろう？　そんな皇后を据えた皇帝が、茶を独占しようとしているというのが信じられない。……茶道楽なら、茶を広く分け与えようとするはずだ」

「茶道楽だからこそ、茶が外に出ないように独占しようとしてるのではないかな？」

内心何を言いだすのかと忌々しい気持ちを抑えながら、努めて穏やかな声色を使って呂賢宇はそう言った。

やはり事情がどうあれ、ウルジャを連れてきたのはまちがいであったかもしれない。そう舌打ちをしたい気分でいた呂賢宇は、一年ほど前のことを思い出した。

お茶の入手に困り果てていたウルジャ達テト族に、茶馬交易を持ちかけた時のことだ。呂賢宇は国から馬の調達が早急に必要なために、茶馬交易を再開させろと言う命を下されていた。

彼はこの時その話を聞いて、青国が弱った武力を補うために馬を欲していることに気付いた。

馬とは、それすなわち武力であり、先の時代では、国内に己の治世に歯向かうだけの力が集まるのを恐れた秦漱石《しんそうせき》は、馬の交易を止めていた。

だから現在、青国国内の馬の数は少ない。

加えてテト族の馬は、青国内で育てられている馬よりも体軀《たいく》が大きく壮健だ。

ほとんど別の生き物と言う者さえいるほどである。

その馬を、内密に自分の懐に抱えることができたら……。

そう踏んでテト族には国は交易するつもりはないが個人的に取引してやると提案した。

当時のテト族は、青国と戦争をしてでもお茶を手に入れようと躍起になっていた時期で、ちょうどよかった。

お茶の入手に困窮していたテト族は二つ返事で提案を呑《の》んだ。

そして青国の方には、交渉が失敗したと伝えた。

もともと一方的に交易を断絶した非があることを認めているので、テト族が断るのもさもありなんと思うところがあったらしく、皇帝は呂賢宇をそれほど責め立てなかった。

まあもちろん、渾身《こんしん》の泣きの演技があってのことだとは思うが。

少し大げさに泣いて見せたり、怒って見せたり、喜んで見せたりするだけで、周りが自分のことをよく思ってくれる。

そうして周りを欺きながら、呂賢宇はテト族の馬と言う武力を抱えることに成功し、加えていざとなれば果敢な戦士ともなるテト族の若い男さえ手に入れた。

テト族にとって、それほどお茶というのは、大事らしい。

若い男は故郷にお茶を渡すためだけに草原を離れて呂賢宇に付き従っている。

だというのに、もしここでウルジャに、青国が本当は茶馬交易を再開させたいと思っている事がばれたら厄介だ。

注意深く、ウルジャの反応を見ていると、彼は少し目を逸《そ》らしてきまり悪そうに口を開いた。

「……采夏《さいか》は確かに茶道楽だが、茶を独り占めしようとするような女じゃない、と思う」

言いにくそうにそう言うウルジャの様子を見て、おやと呂賢宇は目を見張った。

(皇后と知り合いか？　いや、今の皇后は南州《なんしゅう》の姫だ。北州より奥地で暮らすテト族のウルジャが知り合えるわけがない。となれば、風の噂《うわさ》で聞いた皇后の話を本気にし、恋慕でも抱いてるのか？　皇帝と皇后の話は下らん書物や劇の題材にされているからな)

呂賢宇は、少々呆《あき》れた瞳《ひとみ》でウルジャを見た。

皇后に恋慕するとはおこがましい。

呂賢宇は穏やかな微笑《ほほえ》みの奥で、ウルジャを見下して鼻で笑う。

(そういえば、ちょうど明日、皇后の茶会に誘われていたな……)

茶道楽で有名な皇后の誘い。面倒であるが『今』は従うしかない。

そう、まだ『今』は。

「いやー本当に最近は暑くて、まいりますねぇ」

と、だらだらと流れる汗を拭きながら、呂賢宇がいつもの猫なで声でそう言った。

呂賢宇は唐突に皇后が開く茶会に誘われ、言われるがまま外廷の奥の奥にある小さな宮に入ったところだった。

黒瑛に勧められて、用意された椅子に座るとどっと汗があふれ出す。

何しろ今日はカンカン照りの夏日。

加えてこの部屋は少々狭い上に、何故《なぜ》か窓を閉め切っていて風も吹かない。

しかもその閉め切った窓は薄絹の紗《しゃ》で仕切られた丸窓のため、太陽の明るい光ばかりが部屋にふりそそぎ、より室内に熱を籠《こも》らせているようだった。

「本当に、その通りだな。今日は特に暑いような気がする」

と言いながら、皇帝はどこか涼し気な顔で応じる。

「それに、この部屋は外よりも暑いような、気がしますなぁ」

と忌々し気に湯を沸かしている鍋《なべ》に視線を注いだ。

茶に使う湯でも沸かしているのかもしれないが、何もこの狭い部屋で沸かさなくてもいいのではないかと思わなくもない。

何しろもう暑いのだ。

「本当に暑いですね。でも、こんな時だからこそ、おいしく飲めるお茶をご用意しました」

そう言って、皇后は重たそうな鈍色《にびいろ》の鉄瓶を持ち上げた。

その鉄瓶の表面は、水滴に覆われている。皇后は鉄瓶を傾けると、小さな碗《わん》に中身を注ぎ入れた。

鮮やかな黄緑色の液体。お茶だ。

一瞬、ひやりとした冷気を感じた。おそらくあのお茶はとても冷やされている。

鉄瓶の周りの水滴は、中身の冷たさで発生した結露だろう。

思わずごくりと呂賢宇の喉《のど》がなった。先ほどから汗をかきっぱなしで喉が渇いていた。

そうこうしていると、皇后がお茶のはいった碗を差し出してくる。

その碗に手を伸ばすと、ひんやりと冷たい感触にうっとりとため息をついた。

(これほどまでの冷たさ、おそらく氷を使っている……)

夏の氷はかなりの貴重品である。田舎に追いやられた呂賢宇では手が届かない代物だ。

「冷やした龍井茶《ロンジンチャ》です。きっと暑さもどこかに飛んでいきます」

皇后の言葉に呂賢宇はぼんやりと頷《うなず》いた。

冷たいお茶を出すつもりなら何故湯を沸かしているのかという疑問が一瞬浮かんだが、今はそれどころではなかった。

早くこの喉の渇きを潤したい。それしか考えられない。

呂賢宇は、冷たいお茶を一気に呷《あお》るように飲んだ。

(甘い……!)

思わずお茶の旨《うま》さに唸《うな》った。呂賢宇もお茶を飲んではいるが、これほど甘いお茶を飲むのは初めてだった。

そして何より、喉越しの冷たさの気持ちよさたるや格別過ぎる。

「まあ、素晴らしい飲みっぷりですね。おかわりはどうですか?」

「いただいてもよろしいのですか?」

皇后の誘いに、思わず破顔した。もっと飲みたい。この冷たい飲み物で腹を満たして、このうだるような暑さを吹き飛ばしたかった。

「もちろんです。だってこれは、呂賢宇様のために用意したのですもの。あ、そうです。よろしければこのままでどうですか?」

そう言って、なんと皇后は鉄瓶ごと渡してきた。

「え、よいのですか!?」

受け取った鉄瓶はやはり冷たい。触れたところの結露が指から手首のあたりにしたたり落ちてくる。それもまた気持ちが良かった。

「はい。さ、このままグイッと直接お飲みくださいませ」

そう言って皇后が鉄瓶を呷るような仕草をしてきた。

不敬に当たらないかと皇帝を見れば、皇帝も笑みを浮かべている。どうやら問題ないらしい。

そして、呂賢宇ははやる気持ちのまま、鉄瓶の注ぎ口に直接口を付ける。

「直接口を付けるのですから、きちんと最後までお飲みくださいね」

囁《ささや》くように言う皇后の声を聞きながら、お茶を呷った。

ゴク、ゴク、ゴク、ゴクリ。

冷たいお茶を飲み下す音が、部屋に広がる。

とまらなかった。冷たい果実汁ならその甘さに飽きて、三口ぐらいで口を離していただろう。

だが、この冷茶は違う。

甘みがありつつも、苦みと渋みが加わってさっぱりとした口当たりだ。

味が濃い、薄いとかではない、独特な風味はどこまでも爽《さわ》やかで、いくら飲んでも飽きが来ない。

「ぷはあああ……!」

全てのお茶を飲みこんでから、詰めていた息を大きく吐き出した。冷茶を口に含んで冷やされた口内から吐かれた息もまた冷たい。

先ほどまで感じていた暑さはもうなかった。冷たいお茶で、体の芯《しん》から冷えていく。

そう、体の芯から……。

『ぐきゅうううううううるるるううう』

不吉な音が鳴った。それも呂賢宇の腹のほうから。

うだるような暑さに参っていた呂賢宇は確かに、冷茶にて救われた。

だが、冷やし過ぎた。

「も、も、も、申し訳ありません。少し席を……は、外します……！」

そう言って、思わず腰を上げる。

皇帝の前で粗相をするわけにはいかない。

「そうか。気にせずいってくるがいい」

皇帝の言葉を聞き終わるか終わらないかで呂賢宇は小走りで部屋から出ていた。

部屋から出ると、「ゆっくりしてきてくださいね」という皇后の声が微《かす》かに聞こえたような気がしたが、それに気を留める余裕すらなかった。

だから、その部屋に絶対に一人にしてはいけないと思っていたウルジャを置いてきたことをすっかりと忘れていた。

※

「おやおや、ずいぶんと勢いよく飛び出していきましたね」

呂賢宇がお腹《なか》を押さえて走り去っていくと、入れ替わるようにして片眼鏡の男がやってきた。青国の太師である陸翔《りくしょう》だ。

「ずいぶんと遅い登場だな、陸翔」

「この歳《とし》でこの暑さの中を長時間いるのは応《こた》えますから」

「そこまで言うほど、年寄りじゃないだろ」

陸翔の軽口に、黒瑛は呆れて返す。

陸翔はまだ三十過ぎぐらいで、宮中でも若い方だ。

「冗談ですよ。さすがに皇后の茶会に私までそろっていたら、警戒されると思いましてね」

そう言って、陸翔は手で顔を扇《あお》ぎながら黒瑛の斜め後ろに腰を下ろした。

それを横目で見守ると、今度は采夏を見る。

「それにしても、茶に毒でも入れたのか？」

急に走り去っていった呂賢宇の背中を思い出しながら、黒瑛は采夏にそう尋ねた。

「まあ、陛下ったら。私がお茶に毒を入れるとお思いですか？」

「いや、思わない。思わないから少々びっくりしたというか……」

と言って、黒瑛が、説明を求める視線を采夏に向けた。

「それは、先日も申しましたが、お茶は本草学では『涼性』を持っています」

「ああ、確か体を冷やす性質があるという話か」

「そうです。性質として、お茶は体を冷やす効果を持っています。それに氷を加えたものを一気に飲み干せば、どうなると思いますか？」

「……なるほど、体を冷やし過ぎて腹を下したということか。部屋の気温を高くさせたのも、奴が一気に飲むのを誘導するためか？……私も氷袋がなかったら冷茶を呷って腹を下していたかもしれないな」

黒瑛と采夏は事前に氷を入れた布袋を衣に仕込んでいた。そのおかげで何とか涼がとれたが、何もなかったら呂賢宇と同じ末路になっていただろう。

「それに冷たい水でゆっくりと淹《い》れたお茶は、本当に甘いですからね。以前も話したことがありますよね？　お茶は低い温度で淹れると苦みや渋みが出にくくなる。つまりお茶の甘みが良く感じられるようになるんです。それにお茶の甘さにしつこさはありません。どこまでも爽やか。故に、何杯でも飲めてしまうのです」

「ああ、確かに何杯でも飲めそうだ……」

黒瑛はそう相槌《あいづち》を打って、小さな碗に入れられた冷茶を改めて口にした。

まず感じるのは夏の暑さを吹き飛ばすほどの冷たさ。加えてその冷たさと一緒に香ってくる茶の香の清涼さ。

采夏の言う通り、茶の渋みと苦みが少なく、より一層爽やかな甘さを感じる。

「どんな良薬も、量や用法を間違えれば、毒となります。まさしく、お茶とは、口あたり爽やかな甘美に過ぎる薬であり、毒なのです」

冷茶を飲んでうっとりとそう呟《つぶや》く采夏にはどこか艶《つや》がある。

「一体、なんなんだ？　何故あいつを出て行かせた」

鋭い声が割って入った。

呂賢宇とともにこの部屋に入り、部屋の隅で様子を見守っていたウルジャだった。

采夏も黒瑛も、彼のために一芝居打ったことを思い出す。

「おい！　皇后に対してならまだしも、皇帝陛下にまでそのような口を利くとは何事だ!!」

今までずっと黒瑛の後ろで黙って立っていた坦《たん》がそう吠《ほ》え付いた。

相変わらず皇帝への忠誠心が厚すぎて、少しでも無礼があれば吠える癖がある。

「坦、皇后に無礼を働く奴にも、同じぐらいの熱意でやってくれ」

黒瑛が思わずそう坦を諫《いさ》めるが、どうやら聞く気がないようで先ほどから鼻息をふんふん鳴らしてウルジャを威嚇している。

「俺は、お前たちの国の民じゃない。陛下だか皇帝だか知らないが、俺にとってどうでもいい存在だ」

「何を!!!!」

ウルジャの言葉に坦がさらに吠え付く。

今にもとびかからんばかりの坦を手で制して、黒瑛は改めてウルジャを見た。

「この国の者ではないとはっきり応えてくれたことに感謝しよう。俺はまさしくそのことを聞くために、呂賢字を追い払った。話を聞かせてもらおうか」

黒瑛がそう問いかけると、ウルジャはむっつりと険しい顔で黒瑛を見返した。

お互いがお互いを見つめ、そしてウルジャの方が先に視線を外した。

「……分かった。話すかどうかは別として、何が聞きたいのかだけは聞く。俺も聞きたいことがある」

ぶっきらぼうにそう答えると、黒瑛もまずまずだなと言った表情で頷《うなず》いた。

「だから、その代わりにと言うとあれだが……」

とどこか言いにくそうにウルジャは言うと、顔に巻いていた布を解いた。

「俺にもさっきの冷たい茶をくれないか」

そう言って解かれた布の下には、水浴びをしたかのように濡《ぬ》れたウルジャの黒髪。

布の下で密《ひそ》かにびっしょりと汗をかいていたらしい。この暑さなら当然と言えた。

そして先ほどまで、吠え付きそうなほどにウルジャを睨《にら》んでいた坦もハッとして黒瑛を見た。

「申し訳ありません。私にもいただけますか？」

暑さか、照れ故か、坦は顔を赤くさせながら小さく懇願し、陸翔もついでとばかりに「あ、では私も」と冷茶を要求した。

そうして閉めきっていた窓を開け放ち、室内に涼やかな風を通す。

呂賢宇に気持ちよく冷たいお茶を飲んでもらえるように蒸し風呂のようになっていた小さな宮に、やっと涼を感じられた。

その場にいた五人はそれぞれ冷茶で一服し、黒瑛は改めてウルジャに問いかけた。

「呂賢宇の目的はなんだ」

「そんなの本人に聞け。俺は知らない」

「陛下に対してその口の利き方はふが！」

黒瑛が怒れる坦の口にお茶請けに用意していた胡麻団子《ごまだんご》を突っ込んだ。

「黙れ、坦。お前が吠えるたびに先に進まなくなる」

呂賢宇も用をすませばまたこちらに戻ってくるだろう。

時間は限られている。彼が戻ってくるまでには、ウルジャから有益な話を聞きださねばならない。

「そういえば先ほど聞きたいことがあると言っていたな？　まずはそっちの話を聞こうか」

黒瑛がそう問いかけると、視線を逸《そ》らしていたウルジャが黒瑛を見た。

「……青国が、テト族との茶馬交易を再開させたいと思っているというのは、本当か？」

「本当だ。一年ほど前、呂賢宇に交易の再開の交渉をするように命じた。呂賢宇はお前たちになんと言ったのだ？　こちらは、テト族の方が交易の再開を断ったと聞かされたぞ」

「なんだと……？」

黒瑛が即答すると、ウルジャは微かに目を見開いた。

そして、顔を険しくして再度口を開く。

「以前と同じような内容での、交易か？」

「ああ、そのつもりだが。……陸翔、今の相場で考えると、どういった取引になりそうだ？」

「馬一頭に対して、茶葉百斤といったところでしょうか」

「と言うことらしい。不満か？」

黒瑛がそう言うと、ウルジャは戸惑うように瞳《ひとみ》を揺らす。

「茶葉百斤……。その内容なら、不満などあろうはずもない。だが……本当に、それだけか？　テト族の若者を……」

ウルジャは何かを言おうと勢いよくそこまで言って、口を閉じた。

何か話してくれそうな様子だったが、途中で考え直してしまったらしい。

黒瑛が内心で舌打ちしていると、迷うように目を彷徨《さまよ》わせていたウルジャが黒瑛を睨みつけた。

「信用ならないと言われてもな……」

黒瑛は疲れたようにそう呟く。

「口だけなら、なんとでも言える。俺達は、その言葉をどうやって信用すればいい。一度は裏切ったお前達を俺はまだ信用できない」

その中で、ウルジャがはっきりとそう口にすると、宮の中が一瞬、静まり返る。

カチャリと茶器の軽やかな音が響いた。

「部屋も幾分涼しくなりましたし、温かいお茶でも飲みませんか？」

場違いなほどに明るい声。采夏だった。

「ねえ、陛下、テト族の方は大事な客人を三道茶《サンダオチャ》でもってもてなすのです。陛下もテト族の流儀にならってみてはいかがでしょうか？」

何も言えずにいた黒瑛に、采夏は改めて言葉を足すと笑みを浮かべてみせた。

※

采夏の提案で、ひとまずお茶を飲むことになった。

いそいそと湯を沸かして茶葉を煮込む采夏の姿を、ウルジャは壁に背中を預けながらぼんやりと見ていた。

本来ならお茶など飲んでいる場合ではないのだが、采夏のあのなんとも言えない笑顔に気が抜けてしまう。

見れば皇帝黒瑛も先程までの険しい顔つきがどこかにいき、今は柔らかな眼差《まなざ》しで采夏を見ていた。

その優しい眼差しが、采夏を愛《いと》しく思っていることが伝わってくる。

だが、それがまたウルジャにとっては気に食わない。

皇帝というものはたくさんの妻を召し抱えるときく。実際、立場の差はあるとは言え、呂賢宇の姪《めい》も采夏と同じ彼の妻の一人なのだ。

テト族は他の遊牧民族の中では珍しく、一夫一妻制をとる部族だった。

複数の妻がいるという状況になんとなく嫌悪感がある。

今は采夏に甘い眼差しを向けてはいるが、それはきっと采夏だけではなく、他の女にも向けられているのだろう。

そう考えると……信用のならない男に思えてきて仕方がなかった。

先程真摯《しんし》な顔で、テト族との茶馬交易を再開すると言った黒瑛を思い出す。

馬一頭に対して百斤の茶葉ならば、従来通りの相場で理想的な交易だ。

現在、ウルジャ達テト族は、呂賢宇と独自に茶馬交易をしている。

呂賢宇が、困り果てていたテト族のもとにきて、独自で交易を行なうことを提案したのだ。

ウルジャはその話に飛びついた。

当時、テト族は、茶葉のために青国に攻め入るかどうかで揉《も》めていた。

交易が再開されれば部族内で揉めることもなくなる。

だが、呂賢宇には完全に足元を見られていた。馬一頭に六十斤の茶葉。そして、テト族の若者に対する労役。

呂賢宇は、馬だけでなくテト族の若い男達が欲しいと言ってきたのだ。

そしてウルジャ達テト族は、一族内で揉めるぐらいならと、その提案を呑《の》んだ。

苦しい決断だったが、それでも困り果てていたテト族に再びお茶を持ち込んでくれた呂賢宇に感謝していた。

それがまさか、青国は茶馬交易を再開したがっている？　呂賢宇の言っていることが嘘《うそ》？

そんな話を今更素直に信用できるわけがない。

そもそも皇帝は、生涯をともにする伴侶一人さえ決められない男であるのに。

ウルジャは不満げに目を細めて黒瑛を睨むと、ついと采夏に視線を移した。

鼻歌でも歌い出しそうな楽し気な雰囲気で、手際良くお茶を用意してる。

ウルジャは幼かった彼女の成長した姿に、胸が高鳴るのを感じていた。

美しい人だと思った。

彼女と共に草原を馬で駆け、天幕の中でお茶を飲み、語らえたらどれほど楽しいだろうかと、思えるほどに。

（采夏は皇帝の妻の一人として囲われていることをどう思っているのだろうか……）

采夏はウルジャのどこか熱を帯びた眼差しにも全く気付いていない様子で、お茶の準備に集中している。

采夏の手元には茶葉の他、棗椰子《なつめやし》やシナモンなどが見えた。三道茶を作るのにかかせない香辛料。

『大事な客人を三道茶でもってもてなすのです』

先ほど采夏が言った言葉が頭を過《よ》ぎる。

それは以前、ウルジャが采夏に教えたことだ。

大切な客人には、三道茶を振る舞う。

ふと、そういえば呂賢宇に、三道茶を振る舞ったことはなかったなと思い出した。

もともと茶不足だから振る舞おうにも振る舞う茶葉がないといえばそうだが、交易が再開してその心配もなくなった。

だが、何故《なぜ》か三道茶を振る舞おうという気持ちにならなかった。

何故だろうか。

「はい、準備できました。まずは一服目、苦茶《クチャ》です」

物思いに耽《ふけ》っていたウルジャの近くで声がした。

濃い茶色をした碗《わん》を掲げている采夏だった。どうやらお茶の準備ができたらしい。

テト族のお茶は、青国と違って茶葉を煮込んでお茶の汁を作る。

どれほど濃く淹《い》れたとしても、ヤクの乳を加えてまろやかにするので濃いぐらいがちょうど良くなるからだ。

だが、三道茶の一服目、苦茶にはヤクの乳を入れない。少しの塩と茶汁のみ。

当然その味は……苦い。

ウルジャは一服目を口にした。

予想通り、刺すような苦みと渋みが口の中に広がる。

あまりの苦さに眉根《まゆね》を寄せると、青国の茶馬交易がなくなり、茶が手に入らなくなった時代のことを思い出した。

いつも強く逞《たくま》しかった父の、うなだれた背中を思い出す。

ウルジャのはじめての苦い記憶。

そこから今日に至るまでテト族は苦しい生活を強いられた。

深い苦みにうなりそうになるのを少し堪《こら》えて、再び苦茶を口にする。

ヤクの乳たっぷりのバター茶を好むウルジャは、正直苦茶はあまり好きではない。それでもお茶が飲めない時は、この苦みが欲しくてたまらなかった。

遊牧生活で食すものの中心は肉や乳製品。

重くなりがちな胃の中を、さっぱりとさせてくれるお茶の苦みは、ウルジャ達テト族の生活には必要不可欠なものだった。

「それでは、次は甜茶《テンチャ》です」

采夏に新たに勧められた碗を受け取る。

先程の苦茶を少し薄めたお茶にはチーズが入っているのか、白っぽいものが浮いている。それに香から察するに生姜《しょうが》も入っているようだった。そして碗の底には、小さな塊が見える。

一緒に渡された匙《さじ》で掬《すく》ってみると、胡桃の実がころりとお茶から顔を出す。

ウルジャはその胡桃とともに、甜茶を口に入れた。

最初に感じたのは、先程の苦みを吹き飛ばすほどの甘さ。

甘さのもとは、紅糖に蜂蜜《はちみつ》。そのコクのある甘さに、ウルジャの頬は思わず緩んだ。

お茶に浮かぶまろやかなチーズには塩みがあり、より一層紅糖の甘さを際立たせていた。

そして口の中の胡桃を咀嚼《そしゃく》する。

お茶とともに煮立てられて柔らかくなった胡桃の実をカシュカシュと嚙《か》み砕《くだ》くと、甘さの中に木の実独特の香ばしさが加えられ、より複雑な味わいとなる。

そして思い起こすのは、茶葉と馬の交易のためにはじめて青国を訪れたこと。

はじめての他国への旅は、幼いウルジャをワクワクとさせた。

他の遊牧民族の中には、交易の荷を運ぶ役割を別の商人に任せる部族もいたが、テト族はそれらを全て自分達で行なっている。

青国に馬を渡すときは、少し遠回りだが山の足元の悪いところを迂回《うかい》し、馬でも安全に進める平坦《へいたん》な道を歩む。遠回りにはなるが、馬とともに行くため、それほど時間はかからない。

馬を引き連れて青国にやってきたウルジャは、山の向こうの国の人々の暮らしや、自分達とは違う服装、髪型、建物、雰囲気に圧倒された。

そしてそこで出会った少女にさらに戸惑うことになる。

輝かしい笑みを浮かべて、お茶を飲みたいのだと言ってきた。

テト族の大人達は、その少女の付き人のような者から何やら報酬をもらったようで、その少女の相手をウルジャがするようにと命じた。

歳《とし》が近いからと言う理由だった。

口では、なんで俺がなどと生意気なことを言った気がするが、本当はワクワクしていた。

はじめての国で、はじめての出会い、幼いウルジャがこれで胸が高鳴らないわけがなかった。

テト族の茶文化を得意気に語り、振る舞った。

少女はどの話も興味深そうに聞いてくれて、最高の聞き手だった。

甘いバター茶を飲みながら、楽しく語らうひととき。

「……甘い」

思わず、ウルジャはそう口にした。

甘く楽しかったひと時を思い出し、顔の険しさがすとんと抜けるのを感じた。

「そして最後は、回味茶《ホイウェイチャ》です」

幼い頃の面影を残しつつも、美しく成長した少女がそう微笑《ほほえ》んで新しい碗を差し出す。

懐かしい思い出に浸っていたウルジャは、ゆるゆると現実に引き戻されつつも、碗を受け取った。

そして碗から漂うシナモンの独特な甘い香に誘われて、どこか陶酔したような気持ちでお茶を口にする。

途端に口の中に複雑な味わいが広がった。

紅糖の甘さ、蜂蜜のコク、生姜の辛さ、チーズの塩み、山椒《さんしょう》の舌がぴりりと痺《しび》れるような独特の風味が押し寄せるようにしてやってくる。

するとその刺激に誘われて、再び幼き頃の記憶が蘇《よみがえ》った。

はじめての青国で出会った少女との楽しいひと時。しかし、出会いには必ず別れがつきまとう。


采夏は付き人と共に帰っていった。

ウルジャ達も翌日の早朝には、青国を発った。

馬に乗ってやってきた行きとは違い、帰りは茶葉を背負って峠を越える。

茶葉は固めて、竹で編んだ細長い筒状の物の中に詰め込む。一束で二歳程の子供の体重と同じくらいの重さのそれを、大人達は十二束ほどをまとめて背負う。

自分の体重以上はある茶葉を背負いながら、杖《つえ》をついて歩くのだ。

まだ子供だったウルジャはそれを四束背負った。大人達に比べれば少ないが、それでも重たい。

初めは一人前になった気がして誇らしかった。

しかしその威勢は続かない。

腰掛けやすそうな岩場を見るたびに、休みたくなる。

だが、一度座り込んでしまうと、もうこの重い荷を背負っては立ち上がれない。

たまの休憩も背負って立ったまま、杖に体重をかけて休むしかない。

そうやって、一歩ずつ、足場の悪い山道を進んでいく。

何故ただの茶のためにこんな辛《つら》いことをしなくてはいけないのか。

背負っているものを全て投げ出して、寝転がってしまいたい衝動に駆られる。

「馬さえいれば……」

ため息混じりに思わずウルジャの口から嘆きが漏れる。

こんな重いものを運ぶこと自体が馬鹿らしい思いだった。馬を連れて行けばよかったんだ。

そうすれば、馬に荷をのせて、少しでも楽ができる。

「我らの馬は勇敢だが、それでもこの道は渡れない」

上から声が降ってきて、思わず顔を上げると、父の顔があった。

ウルジャの倍以上も荷を背負っているというのに平気そうな顔をしている。

その父がチラリと視線を横に向けた。

ウルジャも一緒になって同じところを見ると、思わずうっと唸《うな》る。

空が近く、眼下に小さくなった木々が見える。

疲れで気づかなかったが、ウルジャ達は切り立った崖《がけ》のようになっている細い道を歩んでいた。

確かにこのような高所で足場も悪いとなれば、馬は怯《おび》えて歩けない。

「人は馬ほど速くは走れないし、力もない。だが、意志の力で恐怖に打ち勝てるのは人だけだ。誰かのためなら、どんな場所でも歩むことができる」

「誰かのためなら、どんな場所でも……」

父の言葉には重みがあった。父の言いたいことは分かる。

それでも今のウルジャには辛さが勝る。もう体力は限界に近かった。

外に向けていた視線を再び地面に戻す。

「疲れたか？」

声を出す気力もなくて、かろうじて視線だけを向ける。

「辛いだろう。だが、俺達の帰りと、茶を待つもの達がいる。分かるか？」

ウルジャは何も答えられない。

「茶がない時代の我らは常に病に悩まされ、体はとても脆《もろ》かった。だが、茶のおかげで、健康を得た」

遊牧の暮らしをする彼らの食事は肉食中心で、栄養面で大きな不足があった。

そのため病を得やすく、短命だった。

子供達も成人まで生きるものの方が圧倒的に少ない時代だった。

しかしお茶は遊牧生活で不足しがちな栄養面を補ってくれる。

「いいか、ウルジャ。我らが背負っているものは、命だ。母や妹達の命のために我らは歩んでいる」

そこでやっとウルジャは顔を父に向けた。

ウルジャが背負う茶葉の倍ほどの量を背負いながら、父は微笑んでいた。

「前までは、私はお前の命ものせて歩んでいた。今日は、そのお前が私の背中ではなく隣で歩んでいることが、誇らしい」

息が詰まった。

普段無口な父の言葉と久しぶりに見た微笑みが眩《まぶ》しく感じられて、何故《なぜ》か泣けてきた。

それをごまかしたくてウルジャは再び顔を背ける。

「というかさ、なんで帰りは、峠越えなんだよ。行きと同じ道にすれば、もう少し歩きやすいのに……」

ウルジャが気恥ずかしさを押し隠すように、わざと生意気な言葉を口にする。

頭上で父が少し微笑んだ気配を感じた。

「確かにそうだが、遠回り過ぎる。峠の道は険しく危険だが、早く草原に戻れる。少しでも早く、家族の許《もと》に戻りたいだろう？　家族もまた我らの帰りを待っている」

いつもは見せない優しげな語り口に、幼いウルジャは父が口にした家族という言葉に、草原で待つ母や妹弟達を思った。

そうだ、家族が待っている。命を運ぶ自分達の帰りを……。

かつての思い出から現実に戻ってきたウルジャは静かに空になった碗を卓の上に置いた。

回味茶の複雑な味わいに、ウルジャは茶葉の運び手として初めて仕事をしたことを思い出していた。

何度も投げ出しそうになった。何度も倒れそうになった。

それでも家族のもとにたどり着いた。

体力がありあまり根拠のない自信に満たされて歩めるのは最初だけ。

次第に疲れが積み重なって先の旅路を悲観する。

何度も諦めそうになってそれでも誰かを思って進み、そして最後には無心になる。

そうしてたどり着くのだ。

茶葉を背負っての山越えは、人生の追体験を味わえる。

回味茶は、人生を思い返すお茶だ。

ウルジャにとってあの山越えは、人生を思い返すに等しい体験だった。

そして改めて父の言葉が胸を打つ。

「少しでも早く、家族の許に……」

遊牧生活を送るために、決まった住居を持たないテト族にとって、家とは家族がいる場所そのもの。

だからこそ、絆《きずな》が深い。

だが、今は、テト族の若者は呂賢宇によって家族の許から引き離されている。

茶のために、家族の命のために、茶葉を手に入れるために青国にきている。

しかしそれは本当に家族のためになるのだろうか。

「どうかしたのか？」

正面から低い男の声がした。

視線を上げれば訝《いぶか》しげな顔をしてこちらを見る皇帝と目があった。

三道茶《サンダオチャ》を飲んでから物思いに耽《ふけ》るようにして言葉を発さなくなったウルジャのことを気にかけているようだ。

（こいつは、純粋な茶馬交易をしたいと言っている。呂賢宇のように、テト族の若者を青国にとどまらせようとしていない）

ウルジャは値踏みするように黒瑛を見つめた。

ウルジャとそう変わらない年齢に見えるが、黒い瞳には意志の強さを感じた。

いくつか修羅場を乗り越えてきている者だけが見せる瞳の強さだ。

意志の力だけで恐怖に打ち勝つことができるのは人だけだと言った、父の言葉が浮かぶ。

「お代わりいりますか？」

ワクワクとしたどこか呑気《のんき》な声がした。采夏だ。

さきほどから何も言葉を発しないウルジャを見て、お代わりが欲しいけれど欲しいと言えないとでも思ったのかもしれない。

（そうだ。この男は、采夏を……）

黒瑛は愛する人を一人に決めきれない男だ。

青国と手を結び直すことに傾きかけていた心がまた反対の方に振れる。

「あ、陛下も三道茶を飲まれますか？」

「いや、今回はやめておこう。まだ、冷茶も残っているからな」

皇帝と采夏の会話がふと気になってウルジャは顔を上げた。

「お前も、三道茶を飲んだことがあるのか？」

突然話しかけてきたウルジャに驚いたのか、黒瑛は少し目を見開いた。

「ああ、まあな。なかなか旨《うま》いな。苦茶《クチャ》は普段飲んでる茶と比較的近くて馴染《なじ》み深いが、色々加えて甘みの増した甜茶《テンチャ》が気に入った」

「甜茶を……」

ウルジャはそれを聞いて、ハッとした。

彼を試すには、これが一番かもしれないと。

「なら、甜茶を飲んだ時に思い描いたものはなんだ？　何が浮かんだ」

「思い描いたもの？　なんだ突然……」

「いいから、答えろ」

訝しむ皇帝が焦《じれ》ったくてそう急《せ》かすと、坦が「無礼な！」と言いながら立ち上がり、何故か采夏の顔色がうっすら赤くなる。

「ど、ど、どうしたのですか？　ウルジャさんったら、そんなことを突然」

何か言いたげな坦と采夏を手で制したのは皇帝だった。

「よくわからないが、聞きたいなら別に答えてやる」

皇帝がそう言うと、しぶしぶという顔で坦は姿勢を正した。

そして皇帝がその形のいい唇を開ける。

「甜茶を飲んだ時に思い浮かんだのは、采夏と出会った時のことだ」

なんてことのないように答えた皇帝の隣で、先ほどうっすら顔を赤らめていた采夏の顔がますます赤くなった。

しかしそれに気づかずに、皇帝は話し続ける。

「甜茶の甘い味に触れた時、ふと、采夏の顔が浮かんだんだ。采夏と出会ったのは、後宮の中庭だ。大きな石を卓代わりにして茶を飲んでいた。そして私に茶を淹《い》れてくれた。……甜茶を飲むと、采夏の微笑《ほほえ》みが浮かぶ」

穏やかな顔でそう言ってのけた皇帝に嘘《うそ》の色は見えない。

そもそもそんな嘘をつく必要もない。

ウルジャは皇帝の言葉を聞いて、呆然《ぼうぜん》とした。

しばらく言葉にならなかった。

なにせ、いきなり目の前で皇帝は惚気《のろけ》始めたのだ。

甜茶の意味を知るウルジャにとって、皇帝の言葉はただの惚気にしか聞こえない。

しばらく言葉にならずに目を見張っていたが、しみじみと甜茶の味に思いを馳《は》せている様子の皇帝に思い切って声をかけることにした。

「……三道茶の二服目、甜茶が示す意味を知ってるか？」

「いや、知らない。そういえば、采夏が三道茶はそれぞれ意味があるというようなことを言っていたような気がするが……」

顎《あご》に手を置いて首を傾《かし》げる。

そして視線が采夏に注がれた。

采夏はビクッと肩を震わせると、逃げるように視線を皇帝からはずす。

「わ、私、ちょっと、意味を忘れてしまって……」

もごもごとそう口にする采夏に皇帝は「ああ、確かそんなことを言っていたな」と言っているが、ウルジャには采夏が嘘を言ってることが丸わかりだった。

甜茶が示す意味を知らなければ、あんなに顔を赤くさせるわけがない。

「……フッ！　ククク、クク」

思わず笑い声が漏れる。

そうか、そう言うことかと、小さく一人で納得する。

采夏から非難じみた視線を感じたが、それもまたおかしくてウルジャの笑い声は止まらない。

ウルジャが甜茶を飲んだ時も、幼い頃に出会った采夏の姿が浮かんだ。

甜茶は人生における喜びを表す。

ウルジャも甜茶を飲んだときに采夏を思い描いた。つまりウルジャにとって采夏は喜び

……つまり初恋だった。

だからこそ、采夏が皇帝の妻の一人とされていることに嫌悪感を抱いていた。

そして同じく甜茶で采夏の姿を思い浮かべた黒瑛もまた……。

最初こそ、黒瑛のことを大切な人を一人に決めきれない優柔不断な人として信用ならないと思った。

だが違うのだ。皇帝は決めている。

形はどうであれ、心ではすでにもう大切な人を一人に決めているのだ。

つまりウルジャと黒瑛は同じ。同じ人を愛している。

それだけで何故か、今まで警戒していた気持ちが解《ほぐ》れてきた。

「なんだ？　何かおかしいことを言ったか？」

戸惑う黒瑛の声に、ウルジャはようやく笑いを引っ込めた。

とは言え、顔がにやけてしまうのは止まらない。

なにせ、あんなに堂々と惚気た姿を見せつけられたのだから。

いやもしかしたら、こうもあっけなくこんな形で失恋してしまった自分の情けなさに笑っているのかもしれないが。

にやけそうになる顔を抑えながらウルジャは口を開く。

「別に、おかしいことは言ってない。いや、言ってるのか……？　まあ、いい。青国との茶馬交易を再開させたい。……呂賢宇との取引はやめだ」

黒瑛はウルジャの言葉に目を見張った。

突然笑い出したかと思えば、唐突に交渉がまとまったからだ。

「取引？　テト族は呂賢宇と何か取引をしていたのか？」

黒瑛が慎重に尋ねると、ウルジャは頷《うなず》いた。

「……呂賢宇からは、青国の皇帝は、茶を国内に独占しようとしているという話を聞いた。そして、内密に茶を融通しようと持ちかけられ、独自で茶馬交易を行なうことにしたんだ。馬一頭に対して茶葉六十斤。そして俺達テト族の若者に対する労役だ」

ウルジャの言葉に黒瑛は目を見開いた。

「あいつめ、勝手に……。いやそれよりも、それが本当なら、呂賢宇の目的は……」

そう言って、黒瑛は後ろを向いた。そこにいたのは先ほどから静かに事の成り行きを見守っていた片眼鏡の男、陸翔だ。

「陸翔、呂賢宇の目的がわかったか？」

「ええ。ずいぶんとだいそれたことを考えますね。その様子では陛下も気づいたようですが」

二人で、何やら頷きあっているが側に控えていた大男だけが困惑した顔をしていた。

「へ、陛下、失礼ながらお伺いしても良いでしょうか！　だいそれたこととは一体……？」

「奴の狙いは、おそらく帝位の簒奪《さんだつ》だ」

「さ、簒奪⁉」

あまりのことに大男の声が裏返った。

「馬は力だ。そして青国にはその力が不足している。うまくやれば、武力で帝位を簒奪することもできなくはない。少なくとも、呂賢宇はそう考えたんだろうよ。まだまだ遠くまで目が行き届かず、整備の追いつかない今を狙ってるあたり策士だな」

「あ、あんな、いつもゴマを擂《す》ってくるような小物感あふれるあの男がですか⁉」

「そうだ。あいつは、無害な顔して、とんだ野心を抱えている」

そう呟《つぶや》いた黒瑛は改めてウルジャを見やった。少しだけ剣呑《けんのん》な雰囲気が和らいでいる。

「感謝する。お前のおかげで事前に呂賢宇の思惑を知ることができた。まあ、後は証拠をつかむ必要があるが……。それにしてもウルジャ、何故《なぜ》いきなり俺の提案にのった？　信用できないと言っていたではないか」

「単に、ちょっと考えが変わっただけだ。……甜茶を飲んで思い描いたものが一緒なんだ。お前は悪いやつではない。なかなか気も合いそうだしな。……少なくとも、女の趣味は合う」

微《かす》かに笑いながらそう答えるが、黒瑛は意図が読めずますます首を傾げる。

隣の采夏だけが、びっくりしたような顔で目を見開いていた。

(俺の入り込む余地はないかもしれないが、少しは意識してもらわないとな……)

ウルジャは采夏が顔色を変えたのを見て少しだけ胸がすくような思いがした。

「まあ、良《い》いと言うならこちらとしてはありがたい。だが、茶馬交易を再開させる前に、呂賢宇をどうにかしないとならない。しばらくは今日の話し合いのことは悟られぬようにしてほしい。気づかれる前に、やつを捕らえるだけの証拠を集めたい」

「分かった。俺に何かできることがあれば言ってくれ」

「感謝する」

黒瑛がそういって強く頷き返すと、側にいた坦が扉の方へと歩み寄った。

「陛下、そろそろ賢宇が戻ってきそうです。足音がします」

扉に耳をくっつけて外の音を拾う坦の言葉に黒瑛は渋い顔をする。

「戻ってくるか。もう少しゆっくりしてくれてもよかったんだがな」

と応じると、坦が手早く卓の上のお茶を片付けて、陸翔が部屋から出ていった。

呂賢宇が出て行く前までの状態に戻すつもりなのだろう。

ウルジャも扉の近くの壁に背をもたれさせた。

「そういえば、甜茶は何を意味するんだ？　お前は知ってるんだろう？」

皇帝がふと思いついたようにそうウルジャに尋ねてきた。

再び冷茶を碗《わん》に注いでいた采夏の動きがピタリと止まる。

それを見てウルジャは苦笑いを浮かべた。

「……それは采夏に聞いた方がいい」

再び采夏の顔が赤くなる。

黒瑛は彼女の変化に気づかず、答えてくれないウルジャを不満そうに見やる。

何か言おうとしたところで、扉が開いた。

「大変申し訳ありませんでした！　突然、お腹《なか》の調子が……」

そう言って、笑みを浮かべた呂賢宇が帰ってきた。

黒瑛はウルジャへの追及を諦めたようで、呂賢宇に対して嘘くさい笑みを浮かべ返した。

※

呂賢宇との茶会が終わった。

坦を供にして呂賢宇とウルジャを皇宮内に与えられた部屋に帰らせた。

今は、先ほど茶会を開いた小さな部屋の中で采夏と黒瑛、陸翔が卓を囲っている。

「呂賢宇が、まさか、帝位の簒奪を企《たくら》んでいたとは……。それほどの野心を抱く男のようには見えませんでしたが、人は見た目で判断できませんね」

陸翔が、苦々しい顔でそう呟いた。

隣で采夏に注がれたお茶を飲んでいた黒瑛も頷く。

「まったくだ」

「陛下、くれぐれも早まらぬよう。呂賢宇の外面に騙《だま》されていたのは、なにも私たちだけではないのです。ほとんどの諸侯は長年国を支えてきた呂賢宇のことを忠臣と思っています。呂賢宇の謀反《むほん》の証拠は慎重に集めねばなりません」

「分かっている……」

陸翔と黒瑛の会話を聞きながら、采夏は一人気落ちしていた。

呂賢宇の話を聞き、碧螺春の産地に何が起きたのか、采夏は気づいてしまった。

その事実があまりにも悲しくて、そして同時に呂賢宇の犯した罪を思うと怒りがこみ上げる。

どうにかして呂賢宇を捕らえ、早々に碧螺春の産地をあるべき形にもどしたい。

だが、その前に気がかりがある。

采夏は嘆くのを止めて顔を上げて口を開く。

「陸翔様、燕春妃のことはどうなりますでしょうか？」

燕春は、北州の姫だ。

呂賢宇の姪《めい》にあたる。

「通常、一族から謀反者が出れば、一族諸共《もろとも》処罰されることが通例ですが……」

と答えた陸翔の言葉に采夏は思わず目を見開いた。

「そんな……燕春妃は何もご存じではなかった様子。おそらくは燕春妃のお父上である北州長も」

焦ったように采夏がそう言うと、黒瑛が笑顔で頷いた。

「分かっている。悪いようにはしないつもりだ。そもそも北州長の一族を全て処罰するには、勢力が大きすぎる。加えて、他の州長にも不信感が出る。まだ安定しきれていない今の青国にとって、それは好ましくないからな」

黒瑛の言葉に陸翔も深く頷く。

「その通りです。呂賢宇を断罪する際は、北州と呂賢宇を切り離す必要があるでしょうね」

「だが、まずは奴の謀反の証拠集めだ。奴が治めている道湖省《どうこしょう》に山ほどあるんだろうが……」

と言って黒瑛は苦い顔をする。

「そうですね。かの地には少なくともテト族と馬を囲っています。ですが、道湖省を検《あらた》めるような動きを呂賢宇に悟られれば、もう手遅れとなります。検める頃には引き入れたテト族共々馬を殺して証拠を隠滅するでしょう」

「テト族と馬の大量死があったとしても、遊牧民族の襲撃があったために対処したと言って誤魔化せるからな……」

「ええ、呂賢宇が、馬とともにテト族も北州に引き入れているのは、おそらくそれも狙いです。もし国に悟られた時に、テト族に罪を着せて葬り去って片付けようとする。彼の帝位簒奪の計画はひとまず阻止できますが……」

そう言って陸翔が首を振ってため息を吐く。

簒奪は未然に防げても、呂賢宇を捕らえるのは難しいと、その重いため息が物語る。

陸翔の話を聞いて、采夏は目を伏せた。

燕春が不幸なことにならなくて済みそうなことにはホッとした。

燕春はとても真面目な良い子で、采夏のお茶に対する熱い思いを理解してくれる。

だが、呂賢宇は許せない。必ず罪を償ってもらわないと、采夏の胸に抱いた怒りは収まりそうにない。

呂賢宇が犯した罪は、それほどに重いのだから。

だが、呂賢宇を捕らえるのは、なかなか難しいようだ。

黒瑛と陸翔が難しい顔をしている。

ふと、采夏は喉《のど》の渇きを感じた。

碗の中は空だが、側にたっぷりの氷とお茶を入れた大きな瓶がある。

冷茶はまだまだ残っていた。

冷茶の入った瓶の周りには結露が浮かび、ひんやりと冷やされていることが目に見えてわかる。

熱い夏日では見ているだけでも涼しげな心地がした。

采夏の個人的な好みで言えば、暑い夏の日も熱いお茶の方がよい。

冷えたお茶は苦みや渋みの主張が少ない分、少々物足りないのだ。

加えて冷たいお茶はなかなか香が立ちにくい。熱いお茶は湯気とともに立ち上る香が強く魅力的だ。それに熱いお茶なら、冷茶ほど冷えを気にせずたくさん飲める。

とはいえ、夏日に喉を潤すのに冷たいお茶が魅力的な飲み物であることは否定しない。

采夏は、その瓶を持ち上げると、碗に冷えたお茶を注いだ。

カランと音を鳴らして、まだ解けきれていない氷もお茶と共に碗の中に落ちてきた。

これもまた、見ているだけで涼やかだ。

しかし、采夏の中に灯《とも》された怒りの熱は、ずっと熱いまま。

「良い音だ」

黒瑛に話しかけられて、采夏はハッとして顔をあげる。

先ほどまで陸翔と話し合っていたようだが、彼らも茶飲み休憩に入るようだ。

「はい。氷の音が涼やかで、一口飲めば一瞬にして暑さを吹き飛ばしてくれます」

「これは本当に良いものですね。甘く軽やかで飲みやすい。呂賢宇の二の舞にならぬよう、私どもも気をつけなければ」

陸翔が冗談めかしてそう言うと、黒瑛も碗をとって一口飲んだ。

「うまいな。……しかし、はあ、呂賢宇のことが面倒だ。いっそのこと、さっさと動いてくれた方が楽なんだがな」

黒瑛はそう嘆いてポリポリと頭をかいた。

逆に明らかな簒奪の動きが見られれば、呂賢宇を捕らえるには十分な根拠となる。

そう言った主旨の言葉を聞いて、采夏はふと今目の前にある冷茶を見つめた。

涼やかな黄緑色の水面に、氷が浮いている。見るからに冷たそうだ。

そして実際冷たく、一口飲めばその爽《さわ》やかで甘露な味わいが飲む者を魅了する。

そう、一口飲めば、その冷たさに誘われて、ごくごくと、もっともっとと喉に流し込みたくなる。

ああ、そうかと采夏は思わず微笑《ほほえ》んだ。

采夏はあまり政《まつりごと》のことはよく分からない。

だが、お茶のことならよく知っている。そしてお茶は、采夏にいつも様々なことを教えてくれる。

采夏はゆっくりと口を開いた。

「冷茶は誠に口当たりまろやかな、甘美な毒。冷たさや甘さという心地よいもので誘い出し、そして身の内に入り込んだところで体を冷やしきってしまうのです」

その采夏の言葉はいつもの軽やかな声と違い、重みがあった。

黒瑛と陸翔が思わずハッとして采夏の顔を見てしまうぐらいには、何か含むものを感じる声色。

そして、黒瑛はにわかに眉根《まゆね》を寄せる。

「甘美なもので、誘い出すか……なるほど。動かないのなら、誘い出せばいい」

黒瑛はそう呟《つぶや》くと、にやりと意地の悪い笑みを浮かべる。

陸翔は黒瑛の含みのある言葉に視線をむける。

「陛下、何か悪いことを思いつきましたね？」

とあきれたように陸翔は笑って言うが、咎《とが》めることはなかった。

「まあな。だが、最初に思いついたのは、俺ではない。……何故《なぜ》か分からんが皇后がやる気だ」

そう言って黒瑛は、采夏を見た。どこか誇らしげな眼差《まなざ》しだ。

「ふふ、お茶の怒りは恐ろしいと言いますからね」

「いや、それを言うのなら、食い物の……まあいいか」

黒瑛はそう言って、笑った。

そして采夏はお茶を飲む。

おいしい冷茶を飲みながら、しかし確実に胸の内ではしっかりと熱い怒りが燻《くすぶ》っていた。

第五章　茶道楽は茶席に誘ってお茶を淹れる

後宮は皇帝の妃《きさき》を囲う場所。

基本的に男性は入れない。男が後宮で働く宦官《かんがん》になるためには、男の部分を切り離すしかなかった。

だが、例外もある。

皇帝の許可を得た妃の親族ならば、男であっても特別に後宮に入ることができる。

そうして皇帝から姪に会ってやれと言われて後宮に入った男が一人。呂賢宇である。

呂賢宇は、後宮にある燕春《えんしゅん》妃の宮を訪れていた。

そしてそこで姪と同じ卓に腰掛けながら、辛《つら》そうに息を吐き出す。

「しかし、いつになったら家に戻れるのか。陛下に相談してもまだここにいてほしいとしか言ってくれない……」

すっかり憔悴《しょうすい》しきった様子で呂賢宇がそう嘆くと、姪の燕春妃は「まあ……」と弱々しく呟いていたわしそうに眉根を寄せた。

うまく同情を誘うことができたようだと、呂賢宇は伏せた顔の下でわずかに口角をあげる。

あとは、同情した燕春が自ら協力を申し出てくれるのを待つだけだが、姪はおろおろと悲しげに眉尻を下げるだけで何も言い出さない。

鈍感な姪のことなのでさほど期待はしていなかったが、やはり気が利かない。

大体にして、呂賢宇が皇宮に留《とど》まる原因を作ったのはこの姪であるというのに、悪びれた様子もないのがイラ立つ。

「……燕春よ、悪いが、そなたからも陛下に言ってくれないか。道湖省《どうこしょう》に残してきた者達のことが気になる」

気の利かぬ姪に焦《じ》れて、呂賢宇自ら本題に入る。

先ほどまでおろおろしていた姪ははたと目を見開いてから、そして大きく頷《うなず》いた。

「はい、もちろんです。でも叔父《おじ》様、そう悲観しないでくださいませ。陛下には、きっとお考えがあるのです」

「お考え？　一体何をお考えなのか……」

呂賢宇にしても今のこの待遇は疑問が残る。

己が密《ひそ》かに馬を集めていることに、気づくことはないだろうが……。

何せ、この計画は人に知られぬように万全を期している。

その上警戒すべき皇帝はただの若造なのだから。

「燕春は、何か聞いているのか？」

知らぬだろうと思いながらも、念のために確認する。

「やはり、最近の失策続きの私を罰しようとなさるおつもりだろうか。碧螺春《ヘキラシュン》の不作、加えて遊牧民族との交易さえも成せなかった。ああ、私のような使い物になれない臣下など、死んでお詫《わ》びするしかない……」

そう言って、呂賢宇はしゅるりと腰に巻いていた組紐《くみひも》を抜き取った。

それを自分の首にかけて絞めようとするので、燕春が慌ててそれを止める。

「早まらないでくださいませ、叔父様！」

「止めないでくれ、燕春！　私にはこうするしか詫びる方法が思いつかぬ！」

と言いながら、組紐を握る手は離さない。

とは言え、燕春に止められていて絞められない、という体をとって実際に首を絞めてはいなかったが。

「叔父様、陛下は叔父様のことを高く評価しておられましたわ。きっと手放したくないのです。残念ながらまだ陛下のお味方は多いとは言えません。故に少しでも信のおける臣下を求めておられます。おそらく陛下は、叔父様の真《ま》っ直《す》ぐなお心に忠義を感じ、重用なさりたいのかもしれません」

姪《めい》の必死の言葉に、呂賢宇ははたと目を見開いた。

「はい、もちろんです。長く国をお支えした叔父様の真っ直ぐなお志は、国中の者が存じておりますもの」

「重用？　私をか？」

「いやいや、私など……」

と言ってニヤリと口角が上がりそうになっているのを必死で堪《こら》えて謙遜《けんそん》して見せた。

「特に、国軍の物資も人も足りていないと聞きました。もしかしたら、叔父様を軍機大臣に据えたいのかもしれません」

「ぐ、軍機大臣に……!?」

軍機大臣とは、青国《せいこく》の国軍の頂点だ。

思わず声が上擦った。

素で驚く呂賢宇の瞳《ひとみ》を真っ直ぐ見ながら燕春は何度も頷く。

「ですから、どうか早まらないでくださいませね」

呂賢宇は姪に言われて、組紐を握っていた手を卓の上に下ろす。

「そんな、軍機大臣など、私には……」

などと殊勝なことを呟いて見せたが、顔にはどうにも隠しきれていない愉悦の笑みが浮かぶ。

「あ、そうだわ。叔父様にお預けしたいものがあるのです」

その場の雰囲気を変えるようにぱしんと両手を打つと、燕春がそう言った。

そして、袂《たもと》から何かを取り出す。

粉のようなものが入った薬包だった。

それを恐る恐ると言った態度で呂賢宇に差し出す。

「後宮に入る前に、実家から持ち出したものなのですが……」

燕春は声を潜めてそう言うと、申し訳なさそうに眉尻を下げた。

何か話しにくいもののようで、しばらく躊躇《ちゅうちょ》するように視線を走らせると再び口を開く。

「これは、毒なのです。無味無臭の毒で、でもとても強力なもの。一度口にすれば、その場で倒れ、数日後に必ずや絶命してしまうのです」

「ど、毒だと!? なぜそのようなものを……」

「私、皇后様のことを勘違いしてしまっていて、とても恐ろしい方だと思いこんでいて……」

「まさか、皇后様を毒殺するつもりで!?」

「いいえ、いいえ! もちろん違います! これは自分で服用するためのものです! もし辛い日々になるようなら、これを飲んで潔く死のうと思って持ち込んだのです」

目の端にうっすらと涙を浮かべてみせながら、燕春はそう語った。

「なるほど、そういうことか。しかし、なんと愚かなことを」

「はい、反省しております……。処分しようにも、とても強力な毒で、土に埋めればたちまち周囲の木々を枯らし、燃やそうとすればその煙がまた毒になるとかで安易に処分することもできず……。ですので叔父様に後宮の外に持ち出して処分していただきたくて」

「ああ、なるほど。そういうことか。わかったわかった。私が責任を持って処分しておこう」

呂賢宇はそう言うと、燕春から毒の入った薬包を受け取った。

「感謝いたします」

そう言って恭しく頭を下げる燕春の肩に手をおき、安心なさいと呟きながら、呂賢宇は燕春から受け取った薬包を強く握り込んだ。

何かに使えるかもしれないと、そう思いながら。

※

「長く留《とど》まらせてすまないな」

唐突に皇帝から呼び出されて伺うと、皇帝はそう声をかけた。

呂賢宇は、全くだと内心で悪態をつきながらも笑顔を作る。

「いえいえ、そんな。滅相もございません」

「長く留まらせたのには理由がある。そなたの人となりを見させてもらっていた」

皇帝にそう言われて、呂賢宇はどくんと鼓動が重たく跳ねるのを感じた。

（人となりを見る？　まさか、今までのことがバレたのか？　いやそんなはずはない。私の計画は完璧だ。それにもし疑われたとしても、証拠を全て消しさることもできる。問題ないはずだ……）

内心で皇帝の言葉の真意を探りながら、今までの自分に落ち度がないかと改めて思い返す。

「わ、私の人となりなどを見て、どうなさるおつもり、だったのでしょうか？」

脂汗を滲《にじ》ませながらどうにか平静を装いそう言うと、皇帝は形のいい唇の口角を上げた。

「そなたを国軍の重役に据えたいと思っていてな」

「こ、国軍の、でございますか!?」

先日姪と交わした会話を思い出した。

人手の足りない国軍のまとめ役を皇帝は探している。

「そなたが治める地は、我が国の大事な要所だ。山向こうには、遊牧民族が多く住む地が広がり、いつ襲われてもおかしくない辺境地。加えて青国きっての名茶である碧螺春の産地でもある。その地を長年治めてくれたそなたを、私は高く評価している」

思ってもみなかったことを言われて、呂賢宇は顔を上げた。

「そ、そのようなお言葉、誠にもったいなく……」

「謙遜しなくていい。そなたは、本当によくやってくれていた。故にそなたを、軍機副大臣の一人に据えたいと思っている」

「軍機副大臣……？」

「なんだ、不満か？」

「そ、そのようなこと、不満などあろうはずがございません」

呂賢宇は感激した風に言ってみせたが、内心では大きく舌打ちをしていた。

軍部の頂点は軍機大臣であるが、その補佐にあたる副大臣は十人ほど任命される。重役といえば重役ではあるが、自尊心の肥大した呂賢宇にとってはそうではない。

少し前に、軍機大臣に任命されるかもしれないと姪に言われていたこともあって、呂賢宇の自尊心は膨れるところまで膨れ上がっていた。

軍機副大臣で満足できようはずもなかった。

もともと、膨れ上がった自尊心が高じて、帝位の簒奪《さんだつ》を考えるまでになっているのだから当然だ。

「ですが、私には少々荷が重すぎるような気も致します。私に軍をおまとめになる軍機大臣をお支えできるかどうか……」

「できると思って、任命しているのだ。それにそなただから言うのだが、今の国軍は人手不足や物資の不足が祟《たた》って酷《ひど》い有様《ありさま》だ。知っていると思うが、宮廷を牛耳っていた秦漱石《しんそうせき》は国内に己と同等の力を持つものが出てくるのを恐れるあまり、軍部を蔑《ないがし》ろにした。今はそのつけが回っている」

「おお、陛下、おいたわしい……」

と嘆いて見せたが、呂賢宇はそのことを十分に承知している。

承知しているからこそ、帝位を簒奪するのなら今だと思えたのだ。

このような小僧が国を治めるよりも、より優秀な己が行なった方が、より良い国になる。

「今でこそ大国と言われるほどになっているが、今も遊牧民との小競り合いは絶えない。先ほども、西の方で襲撃が来たと言う話を受けたばかりだ」

悩まし気にそう語る皇帝に、呂賢于はしたり顔で頷いた。

「自国の弱みを見せるわけにはいかない。襲ってきた蛮族どもには力を見せつけねばならぬ。そのため国軍の多くをそこに割かねばならぬのだが、そうすると皇宮の守りが弱くなる」

嘆くようにそこまで語った皇帝は、顔を上げて、呂賢宇に向き合った。

そして、「そなただから話すのだが……」と言う前置きを置いてから口を開く。

「今の皇宮は百ほどの騎兵に攻め込まれれば、落ちてしまう。それほどに弱っているのだ」

「なんと……」

皇帝が困り果てている様子に心底同情している風を装いながら、呂賢宇は内心で喝采を送っていた。

国軍が弱体化しているのは知っていたが、それほどまでとは思っていなかった。百ほどの騎兵ならば、もう呂賢宇はとっくに所有している。いや、それ以上の人を動かすこともできる。

「だからこそ、そなたの力を貸してほしいのだ。そなたが長年束ねている地は辺境にありながら、遊牧民の襲撃がほとんどない。おそらくそなたの守りが堅いからだ。その手腕を是非、私の近くで発揮してほしい」

皇帝の言葉に、何故《なぜ》自分を突然宮中に留まらせたのかの理由に合点が行った。

本来遊牧民に襲われることの多い辺境地でありながらその被害が少ないことを高く評価していたのだ。

だから、姪の命で宮廷にやってきた己をこの機会に囲って人となりを見ていたのだろう。

しかし、呂賢宇が束ねる地に諍《いさか》いが少ないのは、遊牧民族が暮らす地の間に山を隔てていることと、近くに住まう遊牧民族のテト族がそれほど好戦的ではないためである。呂賢宇の力ではない。

呂賢宇は高笑いを必死で抑えながら神妙な顔で口を開いた。

「陛下の御心、しかと伝わりました。しかし、私が宮廷に身を置くとなると、もともと私が統括しております道湖省のこともあります故、少々お時間いただきたく」

「分かっている。突然のことで戸惑うこともあろう。しばらく時間をやる故、今後のことを考えて欲しい」

皇帝の言葉に、呂賢宇は深く頭を下げて叩頭《こうとう》した。

その顔に、意地の悪い笑みを浮かべながら。

※

ウルジャは窓枠に腰掛けて、空を見上げた。

雲ひとつない晴天で、眩《まぶ》しいほどの青がウルジャの目に映る。

済んだ青は、草原の空と変わらないはずなのに、何かが違うと感じさせた。

ここの空は狭苦しく感じる。

それは周囲に並び立つ煌《きら》びやかな建物がそうさせるのか、それともただ単に郷愁の思いが募る故か。

いや、もしかしたらと、ウルジャは顔を室内に向けて、昼間っから酒を酌み交わして顔を赤くしてる大柄な男達を見た。

狭苦しく感じるのは、彼らのせいかもしれない。

粗暴すぎる見た目に、昼間から酒を呷《あお》る姿はどこかの賊と言われた方が得心がいくが、これでも一応呂賢宇の家臣。とは言え、呂賢宇が金で雇った傭兵《ようへい》のようなものではあるが。

皇帝に引き止められて宮廷に長らく留《とど》まっている呂賢宇は、道湖省に残してきた家臣の一部を呼び寄せていた。

そしてウルジャの見張りを彼らに任せたらしい呂賢宇は、最近姿を見せない。

帝位の簒奪を狙っているらしい呂賢宇が、どこで何をしているのか分かったものではないが、それを気にする義理はウルジャにはない。

それに、もともと何もするなとも言われている。

ウルジャはただひたすらにその時を待つだけだ。

「しかし、今の皇帝は変わり者だな。後宮にいた美女達のほとんどを解き放っちまうんだからよぉ」

「もったいねぇよなぁ。……たっくよ。ことを起こした時の俺達の楽しみがへっちまったぜ」

酒で出来上がった顔を顰《しか》めて男がそう言うと、向かい合わせていた男がニヤリと下卑た笑みを浮かべた。

ウルジャはふと聞こえてきた彼らの会話が不快な方向に進み始めたのを認めて、眉根《まゆね》を寄せる。

「だがよ、皇帝が一人残した女……皇后は相当な美人らしい」

「本当か？　おれは、皇后は相当な変人でやばいって話をきいたぜ？」

「いやそれがな、性格はかなり変わり者らしいが、見た目は良《い》いらしい。皇帝が他の妃を解き放ったのは、その女の心を射止めるためだとか」

「へえ、それが本当だとしたら、なるほど……。そいつぁ、楽しみだなぁ……」

「おい」

ニヤついて話す男が不快に過ぎて、ウルジャの口から怒りを滲ませた声が出た。

彼らの話している美女というのは、采夏《さいか》のことだ。不快に思わないわけがなかった。

舌なめずりをするような男達二人を睨《にら》みつける。

「なんだ、なんか用か？」

二人も不快そうにウルジャを睨みつけた。

彼らは、テト族を見下している。

道湖省にいる時からたびたび衝突していた。

「……なんの話をしてる？」

ウルジャがそう口にすると男たちは戯《おど》けたように肩をすくめた。

「なんの話って言われてもなぁ。お前に話す義理はねえよな」

人を見下したような笑みを浮かべて、嘲笑《あざわら》うように男の一人がそう答えた。

何も聞かされていないお前には関係ないと言いたげで、自分達が知っているということに優越感を抱いているようだった。

彼らの態度に再びウルジャは不快そうに目を細める。

確かに、ウルジャは呂賢宇から何も聞いていない。

だが、呂賢宇の目的については承知している。

(愚かな……)

ウルジャは、内心で嘆いた。

慎重を期さねばならぬのに、宮中で簒奪の計画を仄《ほの》めかす会話を堂々としている彼らの愚かさに呆《あき》れた。

それと同時に、ことを急ぎ過ぎて彼らのようなものを宮中に招く呂賢宇についても。

「ウルジャ、いるか」

男達二人とにらみ合うようにしていたその時、扉が開いた。

声をかけてきたのは、呂賢宇その人だった。

「お前たち、昼間から酒か？　まったく……」

呂賢宇は酒を飲んでいる二人組を見て不満そうに小言を言うと、男達はおどけたように笑う。

呂賢宇はその二人を手振りで部屋から追い出した。

どうやら密《ひそ》かに話し合いたいことがあるらしい。

ウルジャはあまり乗り気にはなれなかったが、窓枠から降りて呂賢宇の方まで歩み寄った。

「ウルジャよ。折り入って頼みがあるのだ」

「頼み？」

「覚悟を決めたのだよ。この国はもうだめだ。皇帝は能なしで、その上平気で他部族や小国を見下している。私はもうこの国の在り方に耐えられないのだ」

心底国の行く末を嘆いているとでも言うように、大げさに嘆いて見せた。

その芝居がかった動きが、事情を知るウルジャを余計に白けさせた。

「なんでそんな話を俺にするんだ」

「それはもちろん、ウルジャの、いやテト族の力を借りたいからだとも」

協力してくれるのが当たり前だとでも言うように自信に満ちた笑顔で呂賢宇は言う。

その様をウルジャは複雑な思いで見つめた。

「俺達の力を？　どういうことだ。他国の戦に、俺達をまきこむということか？」

「まあ、そうだな。そうとも言える。だがな、聞いてくれウルジャ！　これはテト族のためでもあるのだ。知っての通り、皇帝は他国を侮り、見下している。故に、皇帝はテト族との茶の交易にすら応じようとしない！ 私が、内密に手を差し伸べねば君達は今頃どうなっていたか……！」

大ぶりな動作で語る呂賢宇の姿をウルジャは黙って見ていた。

ウルジャが口を挟まないのをいいことに、呂賢宇は話し続ける。

「だが、安心してくれ。私はもう決めたのだ。君達のために、そして民のために立ち上がろうと思う。当然力を貸してくれるだろう？」

「それは……」

何事か言い淀《よど》むウルジャにたたみかけるように呂賢宇は顔を寄せる。

「それに何より、もし私に何かあれば、茶馬交易は行えない。わかるな？ 君達は、私に従うしかないんだ」

「なんだと……？」

呂賢宇の口から出た脅し文句に、ウルジャは思わず眉を吊《つ》り上げた。

「そう怖い顔をしないでくれ。私だってこんなこと言いたくないんだ。さあ、私の手を取って。ともに悪の根源を退治しようじゃないか」

「何故、今頃になって、そんなことを言い始める？……今の皇帝が実権を握る前に宮中を牛耳っていたやつの方が、相当悪どいことをしていたんじゃないのか？ 何故その時は立ち上がらずに、今なんだ」

「しかたない。秦漱石は抜け目がなかった。力を認めた者には、貢物を欠かさなかった」

「貢物？　賄賂《わいろ》というやつか？……まさか、お前もそれをもらっていたのか？」

ウルジャがそう追及すると、善人の面で笑っていた呂賢宇の口角がニヤリと上がる。

彼が心の奥底にしまい込んでいた悪辣《あくらつ》さが滲《にじ》み出始めている。

「秦漱石は、人を見る目だけはあったからな。私のような有能な官吏にはきちんとそれ相応の礼儀を払ってくれていたんだ」

つまりは、賄賂を受け取っていたということだろう。

ウルジャは思わず目を細めた。心底軽蔑した目で呂賢宇を見る。

「お前は、俺達のことを同情していると嘆いた裏で、テト族を追い詰めていた諸悪と繋《つな》がっていたということか!?」

「そう声を荒らげないでくれ。私は本当に君たちのことを不憫《ふびん》に思っているんだ。だからこそ力を貸した。そうだろう？　そうだ、まずは何か飲もう。一度落ち着いた方がいい」

そう言って、呂賢宇は懐から竹でできた水筒を取り出した。

そして、先ほどの男達が使っていた酒杯の中身を捨てて、そこに水筒の中のものを注ぐ。

コポコポと注がれたのは、茶色の液体で、微《かす》かに香った芳《こう》ばしさにお茶であることが分かった。

「まずは一杯飲んで落ち着こう。そうしたらまた話し合おうじゃないか。私の本心を伝えよう」

胡散臭《うさんくさ》い笑みを浮かべた男から、ウルジャは酒杯をうけとる。

中身は酒ではなく茶色をしたお茶だ。

ウルジャが呂賢宇とお茶を交互に見てから、呷るようにお茶を飲んだ。

そして……。

「グ！　ゲハ！　ガ……！」

口からお茶を吐き出した。

堪えがたい不快感に立っていられず膝《ひざ》を床につく。

ウルジャは自分が何をされたのかを悟った。

「お、お前、何を、何を飲ませた……！」

苦しげに喉元《のどもと》に手をやりながら、恨めしい気持ちで呂賢宇を仰ぎ見る。

愉悦を滲ませた歪《ゆが》んだ笑みを浮かべる呂賢宇と目があった。

「馬鹿な男だっ！　大人しく私の言うことを聞いておればいいものを！　愚かなテト族が！」

呂賢宇の罵倒《ばとう》にウルジャは目を見開く。

遊牧の民の生活を尊重するだの不憫《ふびん》でならないだのと言っていたその口で、堂々とウルジャたちを貶《おとし》める言葉が放たれた。

一時でも、彼を信じてしまった己をウルジャは強く恨んだ。

自分の過ちで、仲間達を巻き込んでしまった。遥《はる》かな高原の空の下ではない場所へと、しばりつけてしまった。

ウルジャが悔しさに唇をかみしめていると、頭上に強い痛みが走る。

気づけば、呂賢宇の顔が近い。

呂賢宇がウルジャの髪を引っ張りあげて、無理やり顔をあげさせていた。

「ほう、確かに燕春の言っていた通りの強力な毒のようだな。大人しく死んでくれ、ウルジャ。お前が死ねば、全てうまくいく！」

「どういう、意味だ……」

息も絶え絶えに尋ねるウルジャに呂賢宇は機嫌良さそうに口を開く。

「お前が宮中で死ねば……お前を慕うテト族の男達はどう思う？」

ウルジャは目を見開く。

「お前、まさか……」

「そうだ！　皇帝に殺されたと嘆く！　同族のものを殺され、悲しみに暮れるテト族の男達は、さぞや勇敢であろうな!!　手薄な皇宮を落とすことなどたわいもない！」

「やめろ……仲間を、巻き込む、な……」

「安心しろ、ウルジャ。お前が寂しくないように、事がうまくいけばすぐに仲間達もお前の許《もと》に送ってやるからな。私が束ねる地に、野蛮で汚らわしいお前達の血は要らぬ」

「……ッ！」

呂賢宇の下劣さに、ウルジャはもう何か言葉にすることもできなかった。

今までいいように使われていたことに気づかなかった己を、そして他のテト族の者達をそれに巻きこんでしまった愚かさをただただ呪う。

ウルジャは目を瞑《つぶ》った。

固く固く瞼《まぶた》を閉じる。そしてウルジャはそのまま闇の中に身を委ねた。

※

呂賢宇の付き人が突然、倒れた。

見回りの宦官《かんがん》に見つかった時にはすでに意識はなく、そのまま医務室に連れて行かれた。

医官は手を尽くしたが、数日後には息を引き取った。

死因は明らかにされていない。

そう報告を受けた呂賢宇は盛大に嘆いてみせた。

大粒の涙を流し、若い命が失われたことを悼んだ。

あまりの落胆ぶりに、誰もが彼に同情の視線を送った。中には励ましの言葉を贈った者もいる。

呂賢宇は、宮中にいる者達の関心を集めることに成功していた。

それからしばらくして呂賢宇の嘆きが落ち着いた頃、皇帝から打診され、保留にしていた軍機副大臣の役を引き受けた。

そして呂賢宇は、国の軍備の不足を悟ると神妙な顔で、道湖省に残してきた自分の私兵をこちらに呼び寄せると提案。皇帝も二つ返事で了承した。

そうして呂賢宇は今、焦りと期待と希望に満ちた面持ちで、一人外廷の西門の前にいた。

先日先ぶれがあり、今日には道湖省に残してきたテト族の騎馬兵と呂賢宇が金で雇った男達が、都に到着する予定になっていた。

時は早朝、呂賢宇は徐々に白んでくる空を見上げて、思わず笑みが溢《あふ》れた。

今日から世界が変わるのだ。

今まで呂賢宇を取り巻いていた世界は間違っていた。

だが、今日からは正しい方向へ変わる。

呂賢宇中心の世界に変わる。

「テト族の騎馬兵がきたら、早速に皇帝の首を取るべきか。……いやいや、待てよ、まずは信用させてから屠《ほふ》るのはどうだろうか。皇后や皇太后の首を先に取って見せつけたら、あの生意気な若造はどんな顔をするだろうか……」

いつも顔に張り付けている人の良さそうな笑みは消えていた。

あるのは人を痛ぶることを愉《たの》しむ醜い男の顔だった。

世の人民は若い皇帝に夢を馳《は》せているが、呂賢宇は違う。

皇帝はただただ運に助けられただけの、屑《くず》だと思っている。

皇子時代は出涸《でが》らし皇子などと揶揄《やゆ》された、放蕩《ほうとう》息子。

それなのに、民の期待は一心に皇帝に集まり、尊敬されている。

それが、気に食わない。

あんな馬鹿者が皇帝であることが許されるのなら、己でもいいはずだ。

多くの者が、若い皇帝の政変劇に胸を高鳴らせたあの時、呂賢宇はむくむくと湧き起こった欲に支配された。簒奪《さんだつ》という欲に。

呂賢宇は北州《ほくしゅう》を治める一族に生まれた。恵まれた家に生まれ、尊ばれて育てられたが、本人は努力を嫌い、勉学も武芸も今一つ。

結果として、当時の北州長であった父親から任されたのは道湖省という小さな地域のみ。

自分こそがもっとも尊いのだという現実に伴わない自信に満ちていた呂賢宇にとって、あの時ほど惨めな思いを味わったことはない。

貴い身分であるはずの己が何故《なぜ》これ程までに不遇に扱われるのか。己を評価しない親戚《しんせき》連中を恨み、世間を恨んだ。

自分を評価しない世界は間違っている。故にこの世界は間違っているのだ。

だから正さねばならない。自分こそが、皇帝の地位にふさわしい。皇帝になり、己を不遇に扱った者達をすべて、貶《おとし》めてやる必要がある……。

呂賢宇の身の丈に合わない自尊心は膨れるところまで膨れ上がった。己よりも上位の者として存在している全てのものが許せない。

その最たるものが、現皇帝、黒瑛《こくえい》だ。

この世で最も尊いのは自分であると思っているに違いないあの男が、地べたに這《は》いつくばりみっともなく命乞いする様が見たくてしょうがなかった。

「ふ、ふふふ、ふふふ」

思わず口の端から堪《こら》えきれない笑い声が溢《あふ》れる。

「まあ、呂賢宇様、このようなところにいらしたのですね」

暗い妄想に囚《とら》われていた呂賢宇の耳に軽やかな声が響いた。

ハッとして顔を向けると、柔らかい笑みを浮かべた女がいた。

皇后采夏だ。

何故後宮にいるはずの皇后がいるのだろうか。

他の妃《きさき》は後宮からは基本出られないが、皇后や皇太后は別格。政《まつりごと》に関わることができる。

そのため他の官吏と同じように、外廷に行き来する権利があるにはある。だが……。

「皇后様が、外廷にいらっしゃるとは珍しいですな」

皇后が茶道楽で、お茶にばかり傾倒していて政には無関心だという話は有名だ。

実際、各大臣達との朝議の際も、皇后がいたことはない。

何故、今日に限って外廷にいるのだろうか。

「今日はどうしても、呂賢宇様と一緒にお茶を飲みたくて、外廷にきていたのです。朝議の始まる前にお会いできてよかった」

「お、お茶？　私とですか？」

何故、何のために。

皇后の突然の申し入れに呂賢宇はかろうじて笑みを張り付けた顔をこわばらせた。

その様を見た皇后つきの侍女が、口を開いた。

「皇后様は付き人の方を亡くして悲しみに暮れる呂賢宇様の身を案じ、お心が安らぐようにお茶をお淹《い》れしたいと思っておいでなのです」

意味不明な皇后の申し出に戸惑うばかりの呂賢宇だったが、ブスッとした表情の侍女の話を聞いてやっと合点《がてん》がいった。

呂賢宇は大袈裟《おおげさ》にウルジャの死を嘆いてみせた。多くのものが、呂賢宇に同情の念を抱いている。

皇后も呂賢宇の嘘《うそ》の嘆きに騙《だま》されて励まそうとしているのだろう。

お優しいことだと内心でほくそ笑む。

「おお、なんと皇后陛下の慈悲深きことでしょう！　しかし、お気遣いは無用でございます。皇后様のそのお優しいお気持ちだけで、どれだけ私の心が救われたか……！」

大袈裟《おおげさ》に感動した風を演じてみせて、軽く辞退の旨を伝えた。

正直なところ、これから茶に付き合う余裕はない。

なにせ、今日は特別に大事な日。テト族の騎馬兵達の到着を待ちたかった。

「まあ、そのように仰《おっしゃ》らないでくださいませ。私はただ……呂賢宇様に飲んでもらいたいお茶があるだけなのです」

皇后が悲しそうにそう言うと、隣にいた侍女の女が目を細める。

「皇后様は、呂賢宇様とお茶を飲むためにここまできたのですよ。そのお気持ちを無下《むげ》になさるおつもりですか？　このことを皇帝陛下が聞いたら、どのように思われるか」

侍女は冷たくそう言った。

侍女の言葉は軽い脅しだ。

皇后の誘いを断れば皇帝の不興を買うと暗に言っている。

今日滅ぶ王朝の皇帝の不興などどうでもいいように思えたが、しかし、今日は、今日だ

け は慎重に行きたい。

呂賢宇は面倒なことになったと思いながら、あたりを軽く見渡す。

ちょうど東屋《あずまや》のような卓と椅子が設置されている場所が見えた。

あそこからなら、門が見えるので、テト族の騎馬兵が来たらわかる。

見張りの兵士達が使う簡単な休憩所のようで、あまり綺麗《きれい》とは言えないが、わがままは言っていられない。

「そこまで熱心にお誘いいただいて、お断りするわけには参りませんね。しかし、少々取りこんでおりまして、よろしければあちらでしたら、お付き合いできそうなのですがいかがでしょう」

そう言って、卓のある場所を示すと、皇后は大きく頷《うなず》いた。

「まあ、素敵な場所。私はかまいません」

「それは良かった。皇后様の淹《い》れる茶は大変に美味《おい》しいですから、楽しみでございます」

呂賢宇は嘘の笑みを浮かべてそう言うと、皇后の誘いに応じて茶席に着くことになった。

「お時間がいただけて良かった」

皇后はそう言いながら、鉄瓶を傾けて碗《わん》に湯を注ぎ入れた。

呂賢宇が皇宮にやってきたのは、雨季の終わった夏。それからしばらく宮中で過ごし、気づけば夏の盛りは終わりを迎え、秋に差し掛かろうかという季節になっていた。

早朝ということもあり空気はひんやりと冷たく、柔らかく差し込む朝日の暖かさが心地よい。

ふと鼻腔《びこう》に茶独特の芳しい香がふれる。

「こちらの茶は、碧螺春でございます」

「おお、碧螺春、我が道湖省の茶でしたか」

軽く会話をしながら、皇后から差し出された碗を手に取った。

顔には笑みを張り付けてはいるが、疑問が尽きない。

もっと特別な茶でも淹れるのかと思いきや、何故碧螺春なのだろうか。

「失礼ながら、呂賢宇様は、碧螺春をお飲みになったことはありますか？」

「もちろんでございます」

そう言って大きく頷いて見せながら、呂賢宇は碧螺春を最後に飲んだ時のことを思い出す。

飲んだことはある。飲んだことはあるが、最後に飲んだのは一年以上前だ。

この碧螺春というただの木の葉っぱが金や力になると気づいてからというもの、自分では飲まなくなった。

自分で飲むぐらいなら、他国に渡して馬や剣を手に入れる方が有意義であるし、茶葉を売って金子に変えたほうがいい。

ただの木の葉っぱを求めて、右往左往する者達を見下してさえいる。

「そう、碧螺春を飲んだことがあるのですね。それは良かった」

皇后の勧めに応じて呂賢宇は蓋碗《がいわん》の蓋《ふた》を少しずらして、そこからお茶を啜《すす》った。

湯の温度はそれほど高くない。故に冷めるのを待つことなくそのままぐいっと呷《あお》るように飲んだ。

味わっている余裕はない。

茶を飲み終わればこのくだらない茶会も終わりだ。

呂賢宇はそう思ってお茶を飲み干した。

「おお、これは美味しい。皇后様が淹れられた茶は誠に美味でございますな。私が普段飲んでいる碧螺春とは別格にございます」

「そうですか？　では今度はこちらを飲んでくださいませ」

茶を飲み終えたと思ったら、また新しい茶を勧められた。

まさかこのまま茶を飲んでもまた新しい茶を飲まされるだけなのではないだろうか。

呂賢宇の脳裏に不安がよぎる。

しかし、出された茶を断ることもできまいと、再び茶を呷った。

「さすがさすが、こちらも美味でございます！」

そう言いながら笑みを浮かべる。

しかし、先ほどから皇后の顔が笑っていないことに気づいた。

茶を出すときはいつも柔らかな笑みを浮かべていたはずだが。

「こちらの茶葉は今年収穫した碧螺春。そして最初に飲んでいただいたのが、昨年収穫した碧螺春です」

「は、はあ」

皇后の顔に凄《すご》みを感じた。声を荒らげているわけでもないのに、身の毛がよだつ思いがする。

「呂賢宇様は、今年収穫した碧螺春を飲まれたことがありますか？」

「え、ええ、それはもちろん。不作でしたが、燕春に渡すためにどうにか摘んだ茶葉を確認のために」

それは嘘だった。呂賢宇は飲んでいない。

「嘘はよくありませんね」

「う、嘘？　何を仰られるか」

「きちんと碧螺春を飲んでいたのなら、あなたは自分が犯した過ちに気づけたはず」

「過ち……？　ははは、いったい何の話をしておられるのか……」

「誤魔化すのはおやめください。私は怒っているのです。こう見えて私は、普段はとても穏やかな性格です。ちょっとやそっとのことでは、そうそう怒りません。ですが今回のことは看過できません」

皇后はそう言って目を細めた。

呂賢宇は思わず息をのんだ。

皇后とはいえただの小娘、そう思っていたというのに、この迫力はなんだ。

背筋が冷たくなるのを感じる。

「道湖省の碧螺春は、果実のような後味が爽やかなお茶です」

「果実……」

言われてみれば、最初に飲んだ方の茶にはそのような風味があったような気がする。

しかし次に飲んだ茶にはなかった。

「碧螺春の果実味は、その生育環境によるもの。茶木の周りに果樹を植えているのです。果樹から漂う香を茶木は吸入しその身に宿す。そうして、道湖省の碧螺春は完成するのです」

皇后の言葉に呂賢宇は、一年前のことを思い出した。

お茶が金になり力になると知った呂賢宇は、よりたくさんの茶葉を求めた。

呂賢宇が治める道湖省には有名な茶畑がある。

だが足りない。もっと欲しい。あればあるだけいいのだ。

そのため呂賢宇は、茶畑に赴いた。

そして……。

「呂賢宇様、あなたは、碧螺春を育てる茶畑の果樹を全て処分しましたね？」

皇后の冷たい声に、呂賢宇の肩がびくりと動く。

「は、いや、それは……」

責められるような視線に耐えかねて、目を逸《そ》らす。

だが、皇后の鋭い視線はそれでもなお緩まない。

「あなたは、果樹を根っこから抜き取り、そこに茶木を植えた。お茶を量産するため、いえ、茶葉を使った交易で、金子や馬を手に入れるために」

呂賢宇は目を見開いた。

茶葉を量産して、馬や金を手に入れていたことがすでに暴かれている。

何故《なぜ》、どうして。

疑問が駆け巡りそして、答えが出た。

（そうか……！　茶の味か！）

茶の味の変化を皇后は敏感にかぎ取った。

そうして、道湖省の異変に気づいたのではないだろうか。

（だとすれば、私を長らく宮中にとめおいたのも、私の目的を探るため？　まさか私がテト族と秘密裏に交易をしていることが、すでに暴かれている？）

そこまで考えて呂賢宇は首を微《かす》かに横に振った。

違う違うと、そんなはずはないと己に言い聞かせるように。

(違う。暴かれようはずもない。現に皇帝は、私を軍機副大臣に誘った。そうだ、私は信用されている。信用されるように振る舞っている!)

焦る呂賢宇の様子に気づいているのかいないのか、皇后はさらに口を開いた。

「碧螺春の美味しさの虜《とりこ》になり、愛《いと》しさのあまりお茶の量産をせんとそのような愚行を犯したというのなら、わかります。ですが、そうではない。もし真に碧螺春を愛《め》でていたのなら、今年のお茶を飲んだときには己の過ちに気づいたはずですから。あなたはただ、己の私利私欲のために碧螺春の味を損なった」

「な、何を、おっしゃるか……」

呂賢宇は何とか言い訳を口にしようとするが、皇后の顔を見て固まった。

それほどの迫力だった。

いつも穏やかな目元は鋭く吊《つ》り上がり、怒りを湛《たた》えた瞳《ひとみ》が呂賢宇を見つめている。

「……貴方《あなた》の犯した罪は大罪です。この国の歴史上で、もっとも重い罪かもしれません。これから先どれほど償おうとも、許せるような罪ではありません」

呂賢宇は言葉に詰まった。

皇后は間違いなく呂賢宇の企《たくら》みに、その野心に気づいている。

だからこそ、大罪と言ったのだ。

なにせ、呂賢宇の目的は、帝位の簒奪《さんだつ》。

皇后の言うように、青国において最も重い罪になる。

呂賢宇はゴクリと唾《つば》を飲み込んだ。

どうすればいいかと考えるが、答えは出ない。

皇后を始末すればいいのか。皇帝は呂賢宇の企みに気づいているのだろうか。

どうする。どうする。

答えの出ない問いに苛《さいな》まれていた呂賢宇の耳に、ギギギと重たいものを引きずるような音が聞こえてきた。

ハッとして顔を向けると、門が開こうとしているのが目に入る。

そして開いた扉から見えたのは……。

(勝った……！)

呂賢宇は思わず口角をあげて笑みを浮かべた。

開かれた門から現れたのは、騎馬兵だった。

馬上の人は、襟付きの黒の衣装に、藍色の下履きをあわせ、腰のあたりに白の帯を締めた格好をしている。

これはテト族の伝統的な民族衣装だった。

つまり、今やってきたのは呂賢宇が呼び寄せたテト族の騎馬兵だ。

この時間になっても見張りの一人もいない手薄な宮中に強靭《きょうじん》な馬を操るテト族の男達が続々と入ってくる。

「くく、くくくっっくくく、ははは、はーはっははは……」

笑いが止まらない。

一時はどうなることかと思ったが、ここまでくれば呂賢宇の勝利は揺るがない。

なにせ、守りの薄い宮中に、呂賢宇の手駒がやってきたのだ。

皇后が何を思っているのかなど、どうでもいい。

皇帝が己のことを疑っていたのかどうかも、もういいだろう。

今ここで、テト族に命じれば全て終わる。

お前らの仇《かたき》はここにいると、この国の皇帝を殺せと、そう口にすれば終わりなのだ。

呂賢宇は立ち上がった。

そして皇后を見下ろす。

「なんとお可哀想《かわいそう》な皇后であろうか！　私の野心に気づいたまでは良かったが、それを皇帝に進言しても信用されなかったのだろう？」

おそらく皇后が今日こうやって茶に誘ったのは、呂賢宇の尻尾《しっぽ》を摑《つか》むため。

ぼんくら皇帝は呂賢宇の外向きの顔に騙《だま》され、皇后の言葉を真面目に聞かなかったのだ。

故に皇后は、自ら呂賢宇を捕えるため直接、話をして自供させようとでもしたのかもしれない。

だが、遅かった。

これが昨日であったなら、もしかしたら間に合ったかもしれない。だが遅い。

なにせ、呂賢宇の手駒は揃《そろ》った。

ウルジャという仲間を殺されて怒り狂ったテト族の騎馬兵が、皇宮を火の海に変えるだろう。

「よく来た！　北の戦士達よ！　お前達の族長ウルジャの憎き仇はここにいる！　まずは目の前の女を殺せ！　皇后だ！　惨《むご》たらしく殺すのだ!!　そして皇帝の首を獲《と》れ！」

呂賢宇は目の前の勝利の予感に酔いしれながら、声高にそう命じた。

胸のすく思いだった。

これでやっと今までの間違った世界が正しい方向へと変わる。自分中心の世界へ。

(私こそが、この世界の中心!!　私を貶《おとし》めるものたちは全て排除せねばならない！)

これから始まる世界を前に興奮し、息が上がる。鼓動が跳ねる。

歯をむき出しにして大きく口を開けて笑う。

だが……いまだに、目の前の皇后、采夏は襲われない。

それどころか、特に焦る様子もなく、ただただ冷たい眼差《まなざ》しで呂賢宇を見ていた。

呂賢宇はテト族達を振り返る。

そこには、立派な馬に跨《また》がったテト族の男達がいる。

門はまだ開いており、その先にも屈強な男達が馬に乗って列をならべている。

呂賢宇が金で雇った傭兵《ようへい》達の姿が見えないことが一瞬気にかかったが、今はそれどころではない。

「どうした!? 何故動かない!?」

命じているのに一向に動く気配のないテト族に苛立《いらだ》ったようにそう叫ぶ。

ウルジャがいない今、誰がテト族のまとめ役なのか、男達の顔を見渡す。

すると、もっとも大きな馬に乗った男がゆったりと前に出てきた。

腰の帯と同じような白布を帽子のようにして頭に巻きつけている。

テト族にとって、白は特別な色で、尊いという意味合いがある。

それを頭に掲げているということは、彼がウルジャ亡き後のまとめ役なのだろう。

「おい、そこのお前、お前がウルジャの後釜《あとがま》か?」

白布を頭に巻いた男の方に歩み寄りそう声をかける。

馬上にいるのでどうしても見上げなくてはいけないのが、苛立たしい。

しかもちょうど男は真っ白に輝く朝日を背にしているために、無駄に眩《まぶ》しい。

手で庇《ひさし》を作り、目を細めて男の顔を見上げる。

「何故、動かない！　ウルジャの仇を取りたくないのか！」

苛立ちに任せてそう吠《ほ》えつけば、男から微《かす》かに笑い声が聞こえた。

「俺の仇？　一体何の話だ」

呂賢宇は凍りついたように固まった。

この声には聞き覚えがあった。ありすぎた。

まさかと思って眩しさを堪《こら》えながら、男の顔を見た。

浅黒い肌に、生意気そうな顔。

薄い青の瞳が呂賢宇を見下ろしている。

「ウ、ウルジャ……。な、何故お前がここに……！」

一歩後ずさりそう叫んだ。

狼狽《うろた》える呂賢宇を見て、ウルジャはニヤリと笑う。

「どうした？　死人でも見たかのような顔をしてるぞ」

「…………！」

どういうことだ。

呂賢宇の頭のなかで同じ問いがずっと繰り返される。

ウルジャは死んだはずなのだ。

姪《めい》からもらった毒によって……。

「叔父上《おじ》、残念です」

先ほど思い浮かべた顔の主の声が聞こえた気がして、ぎこちなく声のする方へと振り返る。

するとやはり予想通り姪の燕春がいた。

なぜ、ここに燕春がいるのだろうか。ここは外廷で、四大妃であろうと特別な許可がなければ立ち入れない。

その姪が懐から、何か小袋を取り出した。

見たことがある。あの袋は、以前姪に預かって欲しいと言われて渡されたものと似ていた。

中に、毒が入っていると言って。

「以前、叔父上にお渡ししたものは、お塩ですよ。自害用の毒だと思っていたのですが、皇后様にお塩だと教えてもらったのです。侍女にお願いして用意させたのですが、よく考えたらこれから後宮に入る私に、毒なんて持たせるはずがないですものね。それで、皇后様から、そのお塩を叔父上に渡してほしいと頼まれまして」

「は？　塩……？」

「お前がのませてくれた茶は、最高にしょっぱかった。故に咽《むせ》たわけだ」

横からウルジャの声が聞こえる。

何故《なぜ》、姪は、毒だと言って塩を渡したのか。

そして塩の入った茶を飲んで、倒れたふりをしたのはどういうことか。

もう少しで自分は帝位を手にするはずだった。

これから、全てが正しい方向へと世界が変わる。そうなるはずだったのだ。

「呂賢宇よ。まさか皇宮に異国民を招き入れ、皇后、ひいては皇帝陛下を殺《あや》めようとするとは……」

顔を手で覆って嘆く男が、燕春の隣にいる。

この声は……。

「何故、兄上が……」

北の地にいるはずの兄がいた。

小さい頃から内心で無能であると小馬鹿にしていた北州の現州長だ。

己の方が優れているのに、先に生まれたからというだけで、家督を奪っていった憎い相手。

それが目の前にいる。

にわかに呂賢宇は気づき始めた。

見れば、呂賢宇を取り囲んでいるのは、テト族だけではない。

遊牧民の討伐でほとんど出払っていると聞いていた国軍の兵士も混じっていた。

「皇后が淹《い》れた茶は美味《おい》しかったか？　随分とゆっくり過ごしてくれたな。お前が皇后と茶を嗜《たしな》んでくれている間に、ウルジャにテト族の者達に事情を説明してもらっていたのだ」

自信に満《み》ち溢《あふ》れた声が聞こえる。その声に合わせて、周りにあつまっていた国軍の兵士達はその場を退き、頭を下げた。

そしてできた道を堂々と歩いてくる男がいる。

濃紺の袍《ほう》に、金色の龍《りゅう》が舞うように縫い付けられている。

長い黒髪はさらさらと乱れなく靡《なび》き、その堂々たる足取りには威厳があった。

青国の皇帝、黒瑛だった。

そこで呂賢宇はやっと理解した。

自分はこの若い皇帝にまんまとはめられたのだと。

※

黒瑛は呆然《ぼうぜん》としたような顔で自分を仰ぎ見る呂賢宇を見下ろした。

顔面が面白いほどに蒼白《そうはく》になっている。

哀れな様子でもあるが、先ほどこの男が発した言葉を黒瑛はしかと聞いていた。

『まずは目の前の女を殺せ！　皇后だ！　惨たらしく殺すのだ!!　そして皇帝の首を獲れ！』

その言葉は到底許せるものではなかった。

「しかし、せっかく茶を淹れてくれた皇后に害をなそうとするとは、甚だ救いようのない男だ」

黒瑛は冷たくそう言い放つと、横から坦《たん》も口を挟む。

「皇后だけではありませんぞ！　こいつ！　恐ろしいことに陛下のお命をも狙っておりました!!　万死に値する!!」

彼方《かなた》まで響き渡るような怒声だった。

正直、隣でその声量は黒瑛の耳が痛い。

だが、威嚇のような怒声は呂賢宇には効果抜群だったようで、彼は怯《おび》えたようにヒィと短く悲鳴をあげるとその場にへたり込んだ。

哀れなものだった。

しばらく呆然としていた呂賢宇だったが、何を思ったのか縋《すが》るような目で黒瑛を見やった。

「へ、陛下！　違うのです！　私は！　これは何かの間違い！　陛下は何か勘違いをしておられます！」

「何かの間違い？　一体何の間違いだ」

「私はテト族にはめられたのです！　此奴《こいつ》らは、所詮《しょせん》は蛮族！　この国を脅かすために、私をはめたのです！　やつらと私、どちらを信用なさるのか！」

声高に叫んだ呂賢宇の言葉は堂々としたものだった。

ここまできてまだ言い逃れしようとするとはなかなかの根性だと、黒瑛は内心で苦笑する。

呆《あき》れた気持ちになっていたのは黒瑛だけではなかったようで、側にいたウルジャも疲れたように息を吐き出す。

「はめたのは、お前だろう。俺は事前に聞いていた。姪から渡されたものを毒だと思い込んだお前が、俺が口にするものに混ぜるかもしれないとな」

「黙れ蛮族！　この私を陥れようとは……！」

「黙った方がいいのはお前の方だ。毒と勘違いして俺に塩を仕込むかもしれないと、事前に伝えてくれたのは皇帝だ。お前の企《たくら》みは、最初からすべてお見通しだったんだ」

ウルジャのその言葉に、一瞬言葉に詰まったようだった呂賢宇だが、再びすがるような目を黒瑛に向けた。

「ああ、陛下、陛下。この男の言を信用してはなりませぬ！　私が、私こそがこの国のために尽くす忠臣であるのに！」

「ほう、忠臣ときたか。しかし忠臣が何故、私に嘘《うそ》をつく？」

「陛下に嘘など！　私がつくはずもございません！」

「しかしお前は、テト族との交易に失敗したと泣きながら報告してきたと思うが……？」

「え、ええ、それは、はい、その時、奴らには断られ……」

「ならこれはなんだ」

そう言って黒瑛は手に持っていた帳簿を呂賢宇の目の前に落とした。

書簡を目にした呂賢宇は目を見開く。

「これは、そなたが私に隠れて行なった交易の帳簿だ。馬と茶を交易していた記録が残ってる」

「な、何故、これがここに……」

とうとう呂賢宇は言葉を失《な》くしたようだった。

帳簿は、秘密裏に礫《れき》に北州まで行かせて見つけたものだ。

できれば物的証拠もあった方がいいだろうと、あまり期待せずに探させたが、律儀な呂賢宇はきちんと帳簿という形で悪行の記録を残してくれていた。

言葉を失くした呂賢宇は、今度は虚《うつろ》な瞳で北州長を見た。

「あ、兄上……どうかお救いください。これはおそらく北州全体を陥れる罠《わな》！　それに私が罰せられれば、兄上だって、そうでしょう……!?」

という必死の言葉に北州長は冷たい視線を返す。

「皇帝は、お前との縁を切れば、北州にはそれほど罪が及ばぬように配慮してくださるという、寛大なご厚意を示してくださった。この意味がわかるな？」

心底蔑《さげす》むような顔で、北州の長は呂賢宇を見下ろしてそう言った。

つまりは絶縁宣言だ。

呂賢宇は絶望で顔を歪《ゆが》める。

それを黒瑛は、感情のない目で眺めた。

呂賢宇を捕えるために黒瑛は策を弄《ろう》した。

口当たりまろやかで何杯でも飲めそうだが、飲み過ぎれば体を壊す冷茶を見て思いついた策だった。

ウルジャに毒を盛るかどうかは賭けだったが、テト族を手っ取り早く動かすために呂賢宇ならウルジャを殺そうとするだろうと踏んで燕春に協力を仰ぎ、一芝居うってもらった。

毒と偽り、塩を渡す。

ウルジャには、もし塩を盛られたら、毒で倒れたふりをしてほしいと伝えていた。

皇宮は脆弱《ぜいじゃく》だと偽り、呂賢宇が事を起こすように甘い言葉で誘い出した。

そしていざ行動を起こした時に、周りに証人を配置して逃げ場をなくす。

証人の一人は北州長だ。

身内の不始末に憤慨した燕春が、自身の父親である北州長に訴えてくれた。

そして今回の呂賢宇の逮捕劇の証人となってもらうために宮中に呼びつけたのだ。

もともと外面の良かった呂賢宇の企みに懐疑的だった北州長も、目の前でまざまざと皇帝を害することを叫ぶ弟を見て、流石《さすが》に皇帝の言葉を信じたようだ。

呂賢宇の企みが明らかになった今、冷え冷えとした眼差《まなざ》しで弟を見下ろしていた。

身内からも見捨てられた呂賢宇はそれでもまだあらがおうと、現実を否定するように小さく首をふり続けていた。

「陛下、陛下、どうか私を信じてください。私は、陛下のためなら命すら捨てる覚悟だった。そうでしょう!? 私は今まで尽くしてきました!」

腰が抜けた体を引《ひ》き摺《ず》るようにして、呂賢宇は皇帝の方へと這《は》い寄った。

「そうだな。お前は碧螺春の茶が虫害で不作の時も泣いて詫《わ》び、テト族との交易再開に失敗すると申し訳ないからこの場で死ぬと言って床に頭を打ちつけた」

黒瑛はその時のことを思い出すようにして目を瞑《つぶ》る。

その必死の有様《ありさま》に、彼の忠義心の厚さに宮中の者は感嘆してしまった。

その時黒瑛も、死ぬことはないと止めてしまった。

だがおそらく……。

「しかしそれは、欺くためのただの演技だった。もともと死ぬ気など少しもなかったのだろう？　口にするだけなら、簡単だからな」

呂賢宇は大袈裟《おおげさ》に振る舞うことによって、人々に忠臣であると思い込ませていた。

黒瑛に見捨てられ、しばらく呆然とした様子だった呂賢宇は、現実が目に入らないようにするためか、頭を抱えて地面に伏す。

「おかしい！　こんなはずではない！　こんなはずではないのだ！　こんなの、こんな世界は間違っている！」

呂賢宇の嘆きが響いた。どうやらこの期に及んでも、自分に非がないと思っているらしい。

「この世界が間違っている？　おかしなことを。あなたにはまだ大罪を犯したという自覚がないのですね」

先ほどまで静かに成り行きを見守っていた采夏が声を上げた。

それは特別大きな声ではなかったが、冷え切っていて妙な迫力がある。

いつも穏やかな皇后の底冷えするような声に、一瞬言われた本人ではない黒瑛でさえうすら寒いものを感じた。

そう感じたのは黒瑛だけではなかったようで、その場にいた誰もが皇后のことをどこか畏怖《いふ》を感じたような面持ちで見つめている。

呂賢宇もその一人。

伏せていた顔をあげて采夏を見ていた。

そして周りの視線を集めていることを気にすることもなく、采夏は再度口を開く。

「間違っているのはあなたですよ。あなたは犯してはならない罪を犯しました」

そう、帝位の簒奪《さんだつ》の計画。それは青国で最も重い罪だ。

「違う！　違う！　私は何も、何も間違ったことはしていない！　間違っているのはお前たちだ！」

そう叫んだ呂賢宇は、何を思ったか立ち上がって駆け出していた。

追い詰められた呂賢宇の顔からは正気が失われており、血走った目線の先にいたのは、皇后采夏。しかも手に短剣を握っている。

思ってもいなかった呂賢宇の行動に、周りの反応は遅れ、采夏にその凶刃が迫り……。

――パシャン。

「うがあああああ、あつ、熱い……！　茶が……！　熱い茶が……！」

水音と、そして真っ赤になった顔を抱えて地面に転がる呂賢宇。

その苦しげにうめく呂賢宇を近くで見下ろすのは、先ほど襲われたと思われた采夏だった。手には柄杓《ひしゃく》を持っている。

「失礼ですね！　お茶は人にかけるものではありません！　先ほどかけたのは、湯です！」

変なところで怒りのツボを押されたらしい采夏がそう声を荒らげた。

そして采夏の隣にいた侍女玉芳《ぎょくほう》が得意げに笑みを浮かべる。

「采夏皇后の湯捌《ゆさば》きは天下一。離れたところにある碗《わん》にお湯を投げ入れてお茶を淹《い》れる秘術を持つ皇后が、人の顔に湯を当てることなど造作もないこと」

そんな特技があったのかと、黒瑛は采夏の無事にほっとしつつも驚嘆する。

周りの兵士たちも、驚きで動きを止めていたがハッとして、熱さに苦しみもがく呂賢宇を押さえ込んだ。

「放せ、放せえ……」

呂賢宇の叫びだけが響くその場で、采夏は呆れたように呂賢宇を見下ろした。

「道理の分からぬ赤子でもないのに、いつまでも往生際の悪いこと。きちんと自覚し猛省なさい。碧螺春の茶畑に植えられた果樹を抜き取った罪の深さは計り知れません！」

采夏の怒りに触れた呂賢宇は唇を噛《か》み締《し》め、小さく「く……」と声を殺して嘆いた。

此度《こたび》の騒動でこれほどに怒り、毅然《きぜん》とした態度を示した皇后に、茶道楽だと馬鹿にしていた周りの目もどこか変わっていく。

畏怖するように皇后を見つめ始め、皇后の纏《まと》う空気に飲まれていた。

黒瑛も同じく采夏の怒りに飲まれていたが、ふと気付いた。

「……いや、大罪というのなら、帝位を簒奪しようとしたことの方だと思うんだが」

黒瑛の小さな呟《つぶや》きは、呂賢宇の泣き叫ぶ声に掻《か》き消されていった。

呂賢宇は捕らわれ、一度平民に落とされたのちに処された。

呂賢宇の犯した罪は、あまりにも重い。

本来なら北州長もその任から外れ、一族全てが処分されてもおかしくないが、広大な北州を長らく支えてきた呂家を処分するにはまだ青国の体力が足りない。

それに、他の州長の一族にも影響を及ぼす。

故に、呂賢宇は、事前に呂家から追放されていた身だということになり、呂家の一族は多量の賠償品を献上することで決着とするという話で収まった。

このことで、黒瑛は北州の抱える軍備を宮中に取り込むことに成功していた。

人手の少なかった宮中に、俄《にわ》かに活気が戻りつつある。

特に、後宮内のとある一角はそれが顕著だった。

至る所から、女性の華やかな歌声が聞こえてくる。

『一つ摘んで、また摘んで、愛《いと》しいあの方に会うために。一つ摘んで、丁寧に。おいしいお茶を飲むために』

茶葉がたくさん入った籠《かご》を片手に、采夏は空を仰ぎ見た。

雲ひとつなく、夏の盛りを過ぎて涼しい風を肌に感じる。立派な秋晴れである。

「今年の茶摘みはこれで最後ですね。寂しくなります」
秋の気配を認めて、寂しそうにそう采夏がそう呟くと、ホッとしたように隣に立ってい
た玉芳が息を吐いた。
「よかった……。やっと解放される……」
茶摘みの季節は、春の訪れとともに始まり秋とともに終わる。
茶木は、冬の期間はその体を休める。そして暖かな春の兆しに誘われてまた芽を出すと
いうのを繰り返すのだ。
楽しそうに茶を摘む光景とは裏腹に茶摘みはなかなかに重労働だ。
茶木を傷つけぬように、丁寧に摘まねばならないのに併せて、ずっと立ちっぱなしの作
業。
特に真夏の日差しの中の茶摘みは命に関わる。
皆一様に藁《わら》で編んだ笠《かさ》を頭に被《かぶ》るので、日差しの強さで参ることはないが、なにより暑
い。
今は秋に差し掛かる頃で多少は過ごしやすくはなったが。
「まあ、もう終わってしまうのですか。残念ですね。見ていてとても壮観でしたのに」
そう涼やかな声を出したのは、北州出身の燕春妃だ。
屋根付きの東屋《あずまや》で腰を下ろし、飲み物片手にこちらを見ていた。

今は、四大妃の「月妃《げつひ》」の位をもらい「燕春月妃」もしくは「呂月妃」と呼ばれている。

四大妃の中では一番低い地位に収まったのは、先の呂賢宇の騒動が影響していた。

「残念って……それはまあ、見てるだけなら良《い》いですよね、ええ」

茶摘みに疲れ果てていた玉芳から小さく辛辣《しんらつ》な声が漏れる。

燕春は、最初こそ茶摘みに挑戦したが、室内に引きこもりがちな生活をしていた彼女にはかなりのきつい労働だったようで、すぐに諦めていた。

そもそも燕春は身分の高い妃であるので、茶摘みをさせることが間違いなのだが。

「しばらく茶摘みはお休みですが、来年はまたいそがしくなりますよ。道湖省の茶木の一部を後宮内に移植することにきまりましたからね」

采夏は夢見る乙女のように目を潤ませてそう呟く。

道湖省の茶木というのは、例の呂賢宇が植えつけた碧螺春の茶木のことだ。

茶葉の量産のために植えていた果樹を引き抜いて茶木を植えていたが、采夏の強い要望により、現在は元のように果樹を植え直す作業に入っている。

そしてその抜き取った茶木を、後宮に運び育てることになった。

今でさえ後宮の一部を茶畑が占めているという異様な状況であるのに、その面積がまた増えることになる。

采夏は大変喜んだが、玉芳は白目を剝《む》いて後宮の未来を嘆いた。

「陛下は采夏皇后に甘すぎるんですよ……。このままでは後宮が全て茶畑になります」

玉芳の嘆きに、采夏は大きく目を見開いた。

「玉芳さん、なんてことを、後宮を茶畑にするだなんて……」

ワナワナと唇を震わせて掠《かす》れた声で采夏が言うので、玉芳は思わずギョッとする。

流石に冗談がすぎたかもしれない。

「それはなんて素敵なことでしょう！　後宮を茶畑にするなんて大それたこと、流石の私も思いつきませんでした！　ですがそこを夢みても良いのでしょうか⁉　さすが玉芳さんです！」

「いやまって、落ち着いて。私が悪かったからそんな恐ろしい野望を抱かないで⁉」

玉芳が思わず声を荒らげると、ふふふと燕春が笑い声をたてる。

「まあ、玉芳さん、抑えて抑えて。でも確かに、陛下は皇后に甘くていらっしゃいますよね、誠に結構なことです。普段はきりりとされて、周りに冷たい印象を与える皇帝陛下が、皇后様にだけ甘い眼差しを送る……。……ああ、もう想像するだけで、ご飯をいただけます。最高でございます。ありがとうございます」

燕春妃はそう言うと、今にも涎《よだれ》を垂らしそうな顔でニヤけた。

「燕春月妃も、またなんか違う方向にぶっ飛んでるし……うちの後宮大丈夫？　もしかして四大州のお姫様ってみんな変わり者しかいないのかな？　他の東州《とうしゅう》、西州の妃が来るのが怖い」

東州と西州の妃はまだ輿入《こしい》れしていないが、まもなくやってくるという知らせは入っている。

采夏や燕春のような変わり者だとしたらと考えるだけで玉芳は疲れてきた。

「それに、後宮で育てられたお茶の一部は、青国のお茶を求める他国の方々のもとにも運ばれます」

ふと、何故《なぜ》か物憂《ものう》げな表情を浮かべながら、采夏が言った。

視線の先は雲ひとつない青空へと注がれる。

「テト族だけでなく、他の遊牧民族や他国ともお茶を用いた交易が始まろうとしています。お茶は我が国の経済を支える主要な農産物となるでしょう」

采夏の言う通り、テト族だけでなく、他とも交易が再開した。

どの遊牧民族もお茶を求めた。

お茶を育てられる環境ではない地域にとって、お茶はまさしく千金に値する特別なもの。

そのことに気付かされた黒瑛は、国として茶栽培に力を入れる方針を示した。

後宮に茶木が増えたのもそのことが大きく影響している。

采夏が、茶木に傾注することは、つまり国の経済を支えることとつながった。

皇后はお茶が青国を支えると分かっていて後宮に茶畑を作ったのだ、と宮中の官吏達は、変わり者と遠巻きにしていた皇后の先読みの深さに感嘆し、彼女を軽んじる者は少なくなった。

采夏の皇后としての地位が確固としたものになりつつある。

しかし、そのことを思う皇后の顔は憂いを帯びていた。

玉芳は思わず首を傾《かし》げる。

「お茶が認められたということではないですか。何故そのように不安そうな顔をなさるのです？」

玉芳の疑問に采夏は薄く笑みを返す。

「お茶を求める者が増え過ぎれば、お茶が今よりももっと貴重なものに変わる。場合によっては金や玉よりも。……そうなれば、茶葉に混ぜ物を入れてかさを増すような者達も出てくるでしょうし、呂賢宇のように、茶木を量産させようと何も考えずに手当たり次第植え付ける者も出てきます」

采夏はそう呟くと、手元の籠から茶葉を一枚摘《つま》み上げる。

鼻を近づけて匂いを嗅いだ。そして満足そうに目を細める。

「つまり、お茶の質が下がってしまう恐れがあるのです。それだけは避けねばなりません」

そう言った采夏の言葉は力強かった。

そしてそこまでのことを考えていた采夏に、玉芳は内心小さく驚いていた。

確かに、采夏の言う通り、このままお茶を求める者が増えればお茶の価値が上がり、量産しようとする者が出てくる。

そうなれば、そのためにお茶の質に頓着しなくなるかもしれない。

そして、質の下がったお茶を他国に出せば、それは国の信用問題にも関わってくる。

後宮に茶畑を作ったのは、青国の経済を支えるためだと宮中の者達は思ってる。

でも実際は、ただ単に采夏が茶道楽なだけだと、玉芳は思っていた。

行き過ぎた趣味の延長。

采夏を知る者はそう思っているが、しかし……。

（もしかしたら、采夏は本当に、国の事を考えて茶畑を作ったのかもしれない）

これから先の未来を語る采夏を見て、玉芳は思わずそう思った。

そしてそんな玉芳に、采夏は視線を合わせた。

「だって、せっかく欲しい茶葉が手に入ったと思ったら混ぜ物がされていた、なんてことになったら辛《つら》すぎるではありませんか！　そんな未来だけは絶対に阻止せねばなりません！」

そういって強く拳《こぶし》を握り込む皇后はまさしくいつもの茶道楽。

あっけに取られた玉芳の前でなおも采夏は声を荒らげる。

「道湖省の碧螺春だと思って喜んだのに、かのお茶の独特の風味が感じられなかったあの時の絶望感はもう二度と味わいたくないのです!!」

どうやら碧螺春のことが采夏の中で相当なトラウマとなっているようだった。

あまりにもいつもの采夏に思わず玉芳は噴き出した。

「ふふ、ふふふ。やっぱり、采夏は皇后になっても茶道楽ね……!」

玉芳は敬語を忘れてそうこぼす。

采夏の破天荒な振る舞いにはなれてきた。

皇后の侍女として自分が躾《しつけ》ねば、と思う時もあるが、このままでもいいのかもしれない。

エピローグ

「良かったのか？　ウルジャとは……あのようにあっさりと別れて」

采夏《さいか》の宮に来ていた黒瑛《こくえい》が、采夏の膝《ひざ》の上に頭を乗せて寛《くつろ》ぎながらそう尋ねてきた。

茶交易の件や呂賢宇《りょけんう》の後始末で奔走していた黒瑛が、采夏の宮を訪れるのは実に久しぶりである。

膝に黒瑛の温《ぬく》もりを感じながら、縁側でぼーっと秋の澄んだ夜空に浮かぶ月を眺めていた采夏は、少し不思議そうに目を瞬《しばたた》いた。

「え？　ええ、別に、大丈夫ですよ。陛下のご厚意で最後にお見送りもできましたし」

黒瑛が何を気にしてそう声をかけたのか、真意が見えずに采夏はそう答えた。

青国《せいこく》との正式な茶馬交易を結んだウルジャは、先日テト高原へと帰っていった。

しかも早速皇宮にくるまでにテト族達が乗ってきていた馬を一部黒瑛に献上したので、その見返りとして茶葉をもらい受けていた。

なので、帰るときのウルジャは背中に自身の体積よりもずっと大きい茶葉の塊を負うことになった。

重さも相当あるはずだが、ウルジャ達テト族は疲れた顔を見せず、むしろ誇らしげにそのお茶を堂々と背負っていたのが印象的だ。

ウルジャが背負っている茶葉は、何を隠そう後宮で采夏達が育てた茶葉だった。

「そうか、采夏がそれでいいのなら、それでいいんだ……」

と少しそわそわした様子の黒瑛を改めて采夏は見た。

どこか嬉《うれ》しそうでもある。

何故嬉しそうなのか、不思議に思いつつも黒瑛が納得した風なので、采夏は何も言わないことにした。

今日、こうやって黒瑛とのんびり過ごすのは本当に久しぶりなのだ。

その時間を大切にしたい。

「そういえば、采夏、三道茶《サンダオチャ》のことなのだが……」

「三道茶がいかがしましたか？　お飲みになりますか？」

お茶の話をふられて思わず食い気味に采夏が聞き返すと、黒瑛が相変わらずだなといって小さく笑う。

そして黒瑛は起き上がると采夏と向き合った。

「そうだな。一緒に三道茶が飲みたい。用意してくれるか？」

黒瑛の言葉に、ちょうど次のお茶を飲みたいと思っていた采夏は笑顔で頷《うなず》いた。

ウキウキと采夏はお茶を用意する。

茶葉を煮込むようにして作る三道茶は通常のお茶と比べると、多少淹《い》れるのに時間がかかる。

だがその待った分、美味《おい》しく感じられる。

早速三道茶の一服目、苦茶《クチャ》を淹れた。

黒瑛が少し渋そうに口に含むのを見ながら、采夏も頂いた。

しっかりとした茶葉の苦みが口いっぱいに広がる。

采夏としては、塩が多少入っているが紅糖などの甘みが入っていない苦茶の方が、いつも飲んでいるお茶に近いため味わいとしては好ましい。

そしてその苦みに誘われるようにして、采夏は過去を思い返す。

采夏とて今までの人生において苦々しい経験はいくつもある。

欲しい茶葉が手に入らなかった時、自分で植えた茶木がうまく育たなかった時、殺青《さっせい》に失敗して茶葉をダメにしてしまった時。

そのどれもがお茶に関することだったが、ふと、何故か最近の記憶が蘇《よみがえ》る。

(何故、あの時のことを思い出したのかしら……)

ふと浮かんだ記憶。その時、確かに采夏は笑みを浮かべてさえいたはずだ。

なのに、何故、今更苦い思いとなって思い返すのだろうか。

かちゃりと茶器の音がして、采夏ははっと顔をあげる。

黒瑛が丁度碗《わん》を卓に置いたところだった。

それを見て、采夏は甜茶《テンチャ》の用意に取り掛かった。

先ほど感じた疑問についてはとりあえず脇におく。

紅糖と塩、胡桃を入れて甘く煮込んだお茶にチーズを浮かべるとお茶の茶色が淡く濁った。

甜茶の完成だ。

甜茶を出すと黒瑛は嬉しそうに顔を綻《ほころ》ばした。

甘党の黒瑛は特に甜茶を気に入っているのを采夏は知っている。

采夏もなんだか嬉しく思いながら、甜茶を口に含んだ。

先ほどの苦茶の渋みや苦みを吹き飛ばすほどの甘さとまろやかさが一気に広がる。

普段何も入れずにお茶を飲むことを習慣にしている采夏にとって、甜茶は少々甘すぎる。

紅糖の甘みが強過ぎてお茶本来の甘みを感じにくい。だが、紅糖の甘みとチーズのコクの合間をぬって、お茶本来の味わいを探りながら飲むのはそれはそれで面白い。

甜茶を味わっていると、やはりと言うべきか、とある記憶がふと頭に浮かぶ。

「そういえば、甜茶の意味をまだ聞いてなかったな」

黒瑛のその言葉にハッとして視線を彼に移す。

イタズラを思いついたような少年のような顔をしていた。

「……甜茶の意味は忘れてしまって」

そう言って、思わず顔を伏せようとすると、顎《あご》に手を添えられ、そのまま上に引っ張られる。

「嘘《うそ》だろ。采夏が茶についてのことを忘れるはずがない」

黒瑛の黒檀《こくたん》の瞳が真《ま》っ直《す》ぐ采夏に注がれていた。距離も近い。

思わず息が止まる。

「采夏は先ほど、甜茶を飲んだ時、何が浮かんだ？」

そう問われて采夏はゴクリと唾《つば》を飲む。

何故《なぜ》だかわからないがずるいと思った。

それでも、問われた事には答えねばと、采夏は口を開く。

「美味しいお茶を飲めた時。そして、初めて育てた茶木に芽が出た時、采夏岩茶《がんちゃ》の可能性に気づいた時、それと……」

そう言って、つらつらと言われるがまま甜茶を飲んだ時に浮かんだ景色をそのまま口にしていたが、途中で言葉に詰まってしまった。

気恥ずかしい思いが次から次へと溢《あふ》れてきて、顔が信じられないほど熱い。

今にも倒れてしまいそうなのに、目の前の黒瑛は許してくれないようで、微《かす》かに首を傾げて余裕の笑みを浮かべた。

「それと、何が浮かんだんだ？」

「……そ、それは……」

采夏はしばらく言葉にできずにいたが、黒瑛は言うまで解放してくれなそうな雰囲気を感じ取って、意を決した。

「へ、陛下が、私と一緒にいたいと言ってくださったあの時のことです……！」

消え入りそうな声でどうにかそうこぼすと、黒瑛は満足そうに微笑《ほほえ》んだ。

なんだか全てお見通しだと言わんばかりの顔である。

黒瑛は采夏の顎に添えていた手を離した。

そして色気を帯びた瞳《ひとみ》を細めて笑う。

「采夏、甜茶の意味がわかったぞ。人生における、喜びや……愛だろう？」

黒瑛に正解を突きつけられた。

そうとわかった上での先程の黒瑛の行動だと思うと、やはりなんとなく悔しい。

しかし、何も答えられず、采夏はコクコクと頷いた。

もういっぱいいっぱいだった。

「陛下は意外と意地悪です」

「甜茶の意味を忘れたなどと言って、先に意地悪をしてきたのは采夏のほうだろう？」

そう言われると何も言えない。

「だが、良かった。采夏も俺のことを想《おも》ってくれてはいるのだな」

心底ホッとしたような声で黒瑛が言うので、采夏は目を丸くした。

不思議そうに見つめる采夏を見て、黒瑛は罰が悪そうな顔をする。

「たまに、たまにだが……采夏は別に俺のことなどどうでもよくて、茶のためだけに一緒にいるんじゃないかと思う時があってな」

「そんなこと、あり得ません」

びっくりして思わず強い口調で采夏は否定した。

確かに後宮に入れば高価なお茶も珍しいお茶も飲める。

だがそれは、実家である南州《なんしゅう》にいても同じだ。未婚のままであればむしろ、自由度は後宮にいない方が高い。

それなのに、たまにだとしても、お茶のためだけに黒瑛と一緒にいるのだと思われていたというのが、自分でも意外だが許せない。

「……苦茶を飲んだ時、お茶とは関係のない思い出が浮かびました」

采夏がそう語り出すと、黒瑛は眉《まゆ》を上げた。

「それは陛下が私の他に四大州からも妃《きさき》を娶《めと》ると仰せになったあの時の記憶でした」

采夏がそういうと黒瑛は大きく目を見開いた。

そして恐る恐ると言ったように口を開く。

「苦茶を……？　苦茶は確かに、人生における、苦く辛《つら》かった時の記憶……」

そうこぼすと黒瑛は信じられないとでも言いたいような瞳で采夏を見る。

「あの時私は、確かに、嫉妬《しっと》したのです。陛下と二人でいられないことを辛くも感じておりました……」

ぽつりぽつり自分で言葉を嚙《か》みしめるように采夏が言う。

先ほどから時が止まったように目を見開いていた黒瑛は、眉根を寄せて口を開く。

「は？　今、なんと……？　嫉妬……？」

訝《いぶか》しげに尋ねられて采夏は頷いた。

「いや、いやいやいや、いいんだ。采夏。そこまで気を遣わなくてもいい。采夏が俺との日々を喜びだと感じてくれるだけでいいんだ」

「別に気を遣って言ったわけではありませんけど……」

「だが、そんな普通の娘のような感情を采夏が？　俄《にわ》かには信じがたいが。それに……采夏はあの時平気そうな顔をしてたじゃないか」

「だって、平気な顔をするしかないではありませんか。私はこれでも、陛下の正妃。皇后なのですから」

そう、采夏は皇后だ。

そして采夏はお茶が絡まなければ、基本的には意外にも常識的な娘だ。

皇后の立場というものをわかってはいる。

皇后は皇族の血筋を絶やさぬように、後宮をまとめ上げる立場の者。そうやって皇帝を支え、ひいては国を支える。

自分以外の人を妃に据えないで欲しいなどとどの口が言えようか。そう思うことですら、罪なように感じられた。

「采夏……」

采夏の告白に黒瑛は言葉を失ったように呆然《ぼうぜん》とした。そして顔を青白くさせる。

黒瑛のその顔を見て、采夏はハッとした。

（怒っていらっしゃる……？）

険しい顔をした黒瑛が唇をワナワナと震わせてさえいる。

他の妃に嫉妬する狭量な皇后など皇帝である黒瑛は求めていないのかもしれない。

采夏が先ほど口にしたことを後悔したその時、肩をガッと摑《つか》まれた。

目の前に黒瑛の顔がある。

「わかった。やはり他の妃を娶らないことにしよう。燕春《えんしゅん》にも悪いが、実家に送り返そう」

黒瑛の目は真剣だった。

「え……」

「采夏がそのような気持ちでいたというのに、気づいてやれなくてすまなかった。よし、こうしてはおれん。早速陸翔《りくしょう》に言って、妃を娶る件を白紙に……」

「ちょ、ちょっと落ち着いてくださいませ！」

「なんだ、采夏。私は十分に落ち着いている。今までにないほどにだ」

そう言った黒瑛の目は血走っていた。明らかに平常心ではない。

「わ、私は、別に、他の妃を娶ってほしくないわけではありません！　燕春月妃《げっぴ》もとても良《い》い方ですし、これからやってくる方についても、少なからず楽しみにしております。ただ、私は……」

そこで一瞬言葉をつまらせると、采夏は思い切って口を開いた。

「陛下があまりにも、私のことをお茶のことしか興味がないような変人だと思ってるようだったので、私だってただの女のように人を愛するのだと、知って欲しかっただけなのです！」

思い切って采夏がそう口にすると、黒瑛はまた目を見開き固まった。

采夏の顔もさっきから熱い。顔に熱が集まるのを感じる。

一体己は先ほどから何を告げているのか自分でもよくわからなくなってきた。

すると黒瑛が、采夏の肩に置いていた手を離し、フーッと長く細く息を吐き出した。

どうやら心を落ち着かせているらしい。

「すまない。あまりのことに我を忘れていた。……だが嬉《うれ》しい。おそらく、次に甜茶を飲むときは今日の日のことを思い起こすような気がする」

「……私は、ものすごく恥ずかしい思いをしたり、怒ったり、嫌われたかもと恐れたり、気持ちがあちこちに動きましたので、どちらかというと、これから飲む回味茶《ホイウェイチャ》を飲む時に、また思い返しそうです」

「回味茶は、確か老成した時に、人生の喜怒哀楽を思い返すような茶だったか」

黒瑛の質問に、采夏は「はい」と肯定を示すと、黒瑛はふっと優しく息を吐くように笑う。

そして、采夏を優しく見つめた。

「それはいいな。これから数十年時が経過して、ともに回味茶を飲む時に思い返す思い出が、采夏と同じものであったら……どれほど幸せだろうか」

黒瑛の言葉に采夏は目を瞬《しばた》かせる。

回味茶は人生を思い返すお茶。

これから先、黒瑛と采夏が人生の喜怒哀楽を共にできたなら、思い返す思い出は同じものとなる。

つまり黒瑛が言いたいことは、これから先も、ずっと一緒に心を寄り添わせながら共にいたいと言っているのだ。

采夏は、黒瑛の優しい笑顔につられて微笑んだ。

「はい、私も、そのように思います」

采夏はそう言うと、どちらからともなく二人は体を寄せ合って、唇を重ねた。

今日という日のことを、きっとまた、お茶を飲んで思い返す日が来るだろうと確信を持ちながら。

【参考文献】

「茶馬古道の旅　中国のティーロードを訪ねて」淡交社／竹田　武史

「おいしいお茶の秘密　旨味や苦味、香り、色に差が出るワケは？　緑茶・ウーロン茶・紅茶の不思議に迫る」ＳＢクリエイティブ／三木　雄貴秀

「茶の世界史：中国の霊薬から世界の飲み物へ」白水社／ビアトリス・ホーネガー（著）,平田　紀之（訳）

本作でも登場したバター茶の
レシピをご紹介します!

甘いミルクティーとは違う、
塩味の効いた不思議な感覚のバター茶。
ぜひ試してみてくださいね!

材料

- お茶のティーバッグ…………1つ

※青国（後宮茶妃伝の舞台）は緑茶文化なので緑茶で
作ってますが、紅茶の方が飲みやすいのでおすすめです。

- 水…………200cc
- 砂糖…………ティースプーン1杯（お好みで）
- 塩…………軽くひとつまみ（お好みで）
- 有塩バター…………ティースプーン1杯（お好みで）
- 牛乳…………100cc

作り方

①水を入れた鍋を火にかけ沸騰させたら弱火にし、
お茶のティーバッグを入れて３分ほど煮出します。

②煮出したら残りの材料（砂糖、塩、有塩バター、牛乳）を
全て投入します。※沸騰してしまうと牛乳が分離しますので、火加減に注意してください。

③よく混ぜたら完成です。

シナモンや生姜などのスパイスを
効かせてみるのも楽しいですよ。
自分好みの味を探してみてくださいね!

富士見L文庫

後宮茶妃伝《こうきゅうちゃひでん》　二

寵妃《ちょうひ》は愛《あい》で茶《ちゃ》を沸《わ》かす

唐澤和希《からさわかずき》

2022年３月15日　初版発行
2024年３月15日　４版発行

発行者　山下直久
発　行　株式会社 KADOKAWA
〒102-8177　東京都千代田区富士見2-13-3
電話　0570-002-301（ナビダイヤル）

印刷所　株式会社 KADOKAWA
製本所　株式会社 KADOKAWA
装丁者　西村弘美

定価はカバーに表示してあります。

◆◆◆

●お問い合わせ
https://www.kadokawa.co.jp/（「お問い合わせ」へお進みください）
※内容によっては、お答えできない場合があります。
※サポートは日本国内のみとさせていただきます。
※ Japanese text only

ISBN 978-4-04-074470-4 C0193